더 좋은 문장을
쓰고 싶은
당신을 위한
필사책

더 좋은 문장을
쓰고 싶은
당신을 위한
필사책

이주윤
지음

빅피시
BIG FISH

일러두기

1. 저작권이 해제된 작품의 경우, 수록된 도서를 따로 명기하지 않았습니다.

2. 도서명은 《 》, 시, 평론, 희곡, 연설문 등 작품명은 〈 〉로 표기하였습니다.

3. 이 책에 실린 인용문은 출판사와 저자, '한국문학예술저작권협회'를 통해 저작권자의 동의를 얻었습니다. 저작권자를 찾기 어려워 허가받지 못한 작품에 대해서는 추후 저작권이 확인되는 대로 적법한 절차를 진행하겠습니다.

"여기서 어떤 길로 가야 하는지 알려줄래?"
고양이가 대답했다.
"그건 네가 어디로 가고 싶은가에 달려 있어."

_루이스 캐럴,《이상한 나라의 앨리스》

아름다운 문장에서 힘을 얻고,
다시 누군가를 위로하는 글을 쓰기까지

"최근에 인상 깊게 읽은 책 있으세요?"

누군가의 물음에 아무런 대답을 하지 못했습니다. 쓰기로 약속돼 있는 글들을 써내기 바빠서 책을 읽을 틈이 없었던 탓이지요. 그렇게 정신없이 쓰고 또 쓰던 어느 날, 글 쓰는 방법을 잊어버리기라도 한 듯 손이 움직이지 않았습니다. 갑자기 내가 가진 모든 것을 소진해 버린 것 같다는 위기감에 휩싸였지요. 어찌해야 할지 몰라 텅 빈 모니터를 한참 동안 바라보던 저는 가장 가까운 곳에서 답을 찾아냈습니다. 말 그대로 책꽂이에 '꽂혀만' 있던 책을 오래간만에 꺼내 든 것이지요. 그리고 그저 읽는 것만으로는 부족하다는 생각에 가슴에 새기듯 찬찬히 따라 쓰기 시작했답니다.

그렇게 시작된 필사는 계속해서 이어졌습니다. 오래전에 감명 깊게 읽었던 소설, 선물 받았지만 미처 펼쳐보지 못했던 에세이, 마음을 차분히 어루만져 주는 시집과 정신을 바짝 차리게 하는 작법서까지… 분야를 막론하고 종이 위에 옮겨 썼어요.

처음에는 낯선 단어가 눈에 들어왔습니다. 일상에서 잘 쓰이지 않더라도 그 단어가 아니라면 표현할 방도가 없는 상황도 있을 테니 익혀둘 가치가 있었습니다. 매우 좋아서 정신을 차리지 못하고 허둥거릴 때는 '헝겁지겁'이라는 표현이, 하는 짓이 치사하고 더러운 데가 있을 때는 '든적스럽다'는 표현이 적확하다는 사실을 그렇게 알게 되었습니다. 단어가 쌓이자 문장이 보였습니다. 짧은 문장과 긴 문장을 섞어가며 리듬을 살리는 방식과 평범한 장면을 남다르게 묘사한 부분을 눈여겨보았지요. 문장이 모이니 구성을 살펴보게 되더군요. 문단을 나눌 때는 무엇을 기준으로 삼는지, 현재와 과거를 넘나들 때는 어떠한 연결 고리를 사용하는지, 밑줄과 빗금과 화살표로 표시해 가며 분석

하곤 했답니다.

차를 타고 지나가면 뭉개져 보이던 풍경이 천천히 걸으면 자세히 보이는 것처럼, 눈으로 읽을 때는 무심코 지나치던 문장들이었건만 따라 쓸 적에는 어느 하나 허투루 넘길 수 없었습니다. 그렇게 손으로 문장을 익히고 머리로 기억하는 일을 거듭하다 보니 시나브로 마음이 든든해졌습니다. 기근을 대비하여 곳간에 곡식을 그득하게 쌓아놓은 농부의 마음이 이와 같았을까요.

그럼에도 글쓰기는 여전히 어렵기만 합니다. 때때로 글을 쓰는 방법을 잊어버리기라도 한 것처럼 한 글자도 써내지 못하는 날도 있지요. 그럴 때는 글쓰기에서 한 걸음 물러나 다른 이의 문장을 따라 쓰며 나의 글로 나아갈 힘을 비축합니다. 필사는 이론과 실전의 가교 역할을 해주는 유용한 도구라는 사실을 알고 있기 때문입니다.

그런 의미에서, 간단한 이론을 설명한 후 그에 해당하는 문장을 따라 쓸 수 있도록 책을 구성해 보았습니다. 이론을 익히고 필사를 하다 보면 글을 쓰기 위한 준비가 자연히 마쳐져 있을 테니까요. 이 책은 크게 4개 파트로 이루어져 있습니다. PART 1에서는 글쓰기의 핵심을, PART 2에서는 글쓰기의 기본을, PART 3과 PART 4에서는 꾸준히 쓸 수 있는 비법과 오래도록 읽히는 글의 비밀을 다루고 있는데요. 글쓰기의 핵심부터 파악하고자 하는 독자라면 순서대로 살펴보기를 권하지만, 연속성을 지닌 글이 아니기에 필요에 따라 원하는 파트부터 보아도 좋습니다. 만일 기초부터 탄탄히 하고자 하는 독자라면 PART 2부터 읽고 따라 쓰며 기본을 다진 후에 PART 1로 돌아와 핵심을 익힌 다음, PART 3과 PART 4를 둘러보며 지속 가능한 글쓰기를 위한 조언을 얻는 것도 괜찮은 방법이에요.

마지막으로, 더 좋은 문장을 쓰고 싶은 소망이 갈급해지지 않도록 마음을 잘 다스리라는 말씀을 전하고 싶습니다. 모든 일에는 노력과 시간이 필요한 법이니까요. 그러니 고단한 하루에 쉼표를 찍듯, 준비된 문장을 찬찬히 따라 써 보시기를 권합니다. 필사를 하다 이따금 물음표가 떠오른다면 잠시 펜을 내려놓아도 좋습니다. 더 깊게 고민하고 더 나은 방향을 얻는 계기가 될 테니까요.

아무쪼록 이 책의 마지막 페이지에 마침표를 적을 때 여러분만의 글을 써 낼 수 있다는 확신의 느낌표를 얻길 바랍니다. 작가로서의 출발선에 선 여러분을 환영합니다. 자, 이제 오른손을 페이지 가장자리에 올리고… 준비, 땅!

읽고 싶은 글을 쓰는 비결 　　　PART 1

읽는 순간 눈을 뗄 수 없다 _ 다양한 어휘, 생생한 묘사와 비유 활용하기 54

쓰고 싶은 글의 분위기를 상상할 것 _ 분위기를 정하면 나머지는 따라온다 72

있어도 괜찮을 말, 없어도 좋을 말 _ 과도한 표현을 줄이고 어색한 문장 고치는 법 92

첫 문장을 쓰기 위한 준비 | PART 2

꾸준히, 잘 쓰기 위한 루틴　　　　　PART 3

읽고 싶은
글을 쓰는
비결

PART 1

무엇보다 '나'를 드러내야 하는 이유
_개인의 경험을 넘어 공감으로

"저 같으면 작가님처럼 못 쓸 것 같아요, 부끄러워서."

저의 첫 책을 출간한 출판사 대표님께서는 제 글이 솔직해서 좋았다고 말씀하셨습니다. 그러나 저는 그 말을 도통 이해할 수 없었습니다.

"다른 작가들은 글을 거짓말로 쓰나요? 글은 당연히 솔직해야 되는 거 아니에요?"

무식해서 용감했던 시절은 쏜살같이 흐르고 어느새 생각도, 잃을 것도 많아진 나이가 되었습니다. 그러다 보니 머릿속에 떠오르는 유치하고 소소하며 이기적인 데다 누군가에겐 비호감일 생각을 그대로 쓰는 일이 전처럼 쉽지만은 않더군요. 자학과 자만을 오가며 어찌어찌 용기를 내 글을 쓰더라도, 댓글을 확인하는 일은 두렵기만 합니다. 하지만 이러한 걱정은 늘 기우에 그치고 맙니다. 댓글이 0개인 경우가 대부분이기 때문입니다.

그 누구도 관심을 보이지 않는 글을 게재한 날이면 어김없이 배우 정재영 씨가 떠오릅니다. 노인 배역을 소화하기 위해 삭발을 감행한 소감을 묻는 인터뷰에서 그는 이렇게 말했지요.

"배용준 씨가 삭발했다고 하면 큰일 나는 거죠. 이병헌 씨가 삭발했다고 해야 이슈가 되는 거지. 제가 삭발한 게 뭐… 우리 집에서나 좀 이슈 됐어요. 비호감이라고."

그렇습니다. 김훈이나 무라카미 하루키 같은 대작가가 파격적인 글을 써야 큰일이 나고 이슈가 되는 거지, 제가 대낮에 홀딱 벗고 광화문에서 춤을 추고 싶다는 글을 쓴다 해도 세상은 저에게 큰 관심을 주지 않을 것입니다. 혹시나 여러분도 자신을 드러내는 일이 부끄럽게 느껴져 글쓰기를 주저하고 있다면 정재영 씨의 이야기를 떠올리며 용기를 내 보세요.

부끄러움이라는 장벽을 넘어 '나'에 대한 글을 써 보라고 권유하는 이유는 모두 비슷해 보이는 인간사가 글로 적어내면 그만큼 더욱 풍성하고 깊어진다고 생각하기 때문입니다. 누군가는 소중한 삶의 순간들을 흘려보내고, 누군가는 놓치지 않고 적겠지요. 마음속에 꼭꼭 숨겨두었던 삶의 이면을 허심탄회하게 털어놓는다면 그저 나만의 경험에서 그치는 것이 아니라 '맞아', '나도 그랬어', '나만 이런 생각을 하는 게 아니었구나' 하는 독자의 공감을 저절로 얻게 될 것입니다.

나를 드러내는 글의 장점이 어디 이뿐일까요. 인터뷰나 자료조사와 같은 번거로운 과정 없이 앉은 자리에서 자문자답하기만 하면 글감이 줄줄 나오고, 어지러이 떠다니는 생각을 받아 적다 보면 머릿속이 차분하게 정리되기도 하며, 시간이 흐른 후 다시 읽어 보면 과거의 나와 마주하는 신비한 경험을 할 수도 있지요.

이제 자신을 아낌없이 솔직하게 내보이며 문장의 빗장을 열어젖혔던 작가들의 글을 한번 만나볼까요? 뒤따르는 여러 작가의 문장을 눈으로 찬찬히 읽어보고 펜을 들고 천천히 따라 쓰며, 그 속에 녹아 있는 여러분의 모습을 발견해 보세요. 자꾸만 마음이 가는 글이 있다면 어떤 부분이 특히 좋았는지 하단에 메모를 남겨 보시기를 권합니다.

글을 쓰려다 보면 하고 싶은 말은 많은데 어디에서부터 시작해야 할지 몰라 머릿속이 하얘지는 순간이 찾아오곤 하는데, 그럴 때마다 짧은 메모를 들춰본다면 모든 것은 '나'에서부터 시작해 천천히 풀어나가면 된다는 보물 같은 힌트를 얻을 수 있을 테니까요.

필사에 그치지 않고 나에 대한 글을 써보고 싶은 마음이 든다면 금상첨화입니다. 어떤 작법 책에서는 '나는'으로 시작하는 문장을 남발하지 말라고 하기도 하는데, 저는 '그럼 좀 어때?'라고 생각하는 편입니다.

'나'를 드러내는 글을 쓰면서 어찌 '나는'이라는 말을 빼놓을 수 있을까요. 문장이야 차차 다듬으면 그만이니 일단은 그저 솔직하게 써나가세요. 누군가에게 잘 보이기 위한 이력서를 쓰는 것도 아닌데 눈치 따위 볼 필요 무어 있겠습니까. 작가들이 '나는'이라는 말을 얼마나 많이 썼는지, 필사를 하며 숨은 글자 찾기를 해보는 것도 또 다른 재미가 될 수 있겠네요!

001   문유석 에세이,《쾌락독서》

암담하던 고시생 시절은 벗어났지만 뭔가 새로운 시도를 할 때마다
벽에 부딪히곤 한다. 그럴 때 떠올린다. 그래, 나는 에이스가
아니었어. 팀의 주역이 아니면 어때? 그냥, 내가 좋아하는 걸 하고
있으면 그걸로 족한 거 아냐? 누가 비아냥거려도 웃을 수 있게 된다.
죄송함다. 제가 원래 에이스가 아니거든요.
내가 감히 이렇게 책도 쓰고, 신문에 소설도 쓰고, 심지어 드라마
대본까지 쓰고 할 수 있었던 힘은 저 두 마디에서 나온 것 같다. 나도
내가 김영하도 김연수도 황정은도 김은숙도 노희경도 아닌 걸 잘
알지만, 뭐 어때? 어설프면 어설픈 대로, 나는 나만의 '풋내기 슛'을
즐겁게 던질 거다. 어깨에 힘 빼고, 왼손은 거들 뿐.

_문학동네, 2018년, 113~114쪽

002 최은영 소설,《내게 무해한 사람》

나는 언제나 사람들이 내게 실망을 줬다고 생각했었다. 그러나
그보다 고통스러운 건 내가 사랑하는 사람에게 실망을 준 나
자신이었다. 나를 사랑할 준비가 된 사람조차 등을 돌리게 한 나의
메마름이었다. 사랑해. 나는 속삭였다.

_문학동네, 2018년, 180쪽

003 헤르만 헤세 소설,《클라인과 바그너》

만약 지금 불안하다면, 불안의 정체가 보일 때까지 불안을 물끄러미
바라보아라. 그대는 더없이 익숙하고 안전한 장소에서 몸을 일으켜
미지의 영역으로 발을 들여놓는 것을 두려워한다. 누구든 그렇다.
하지만 살아간다는 것은 그 두려움과 불안을 극복하고 앞으로
나아가는 일.
그러니 자신을 버릴 각오로 뛰어들어라. 혹은 운명에 모든 것을
맡기고 나아가라. 앞으로 한 걸음, 단 한 걸음만.

004

슬로보트 에세이,《고르고르 인생관》

그저 멀리 아름답게만 느껴졌던 것들이 어느새 네 안에 들어와
있구나.
사실은 모두 네 안에 이미 있던 씨앗이야.
좋아하는 것을 갈고닦아서 멋지게 피워 올린 거야.

더는 다른 사람을 부러워할 필요도 없지.
드디어 가장 멋지다고 생각했던 무언가가 되었으니까!

완성된 자신을 마음껏 누리고 다시 새로운 꿈을 꾸자.
자, 이번에는 어디까지 가 볼까?

_어떤우주, 2023년, 23쪽

기형도 시, 〈엄마 걱정〉

열무 삼십 단을 이고
시장에 간 우리 엄마
안 오시네, 해는 시든 지 오래
나는 찬밥처럼 방에 담겨
아무리 천천히 숙제를 해도
엄마 안 오시네, 배추잎 같은 발소리 타박타박
안 들리네, 어둡고 무서워
금 간 창틈으로 고요히 빗소리
빈방에 혼자 엎드려 훌쩍거리던

아주 먼 옛날
지금도 내 눈시울을 뜨겁게 하는
그 시절, 내 유년의 윗목

_《입 속의 검은 잎》, 문학과지성사, 2000년, 130쪽

006 정지음 에세이,
《우리 모두 가끔은 미칠 때가 있지》

때로는 나와 나의 거리가 타인과의 그것보다 훨씬 멀었다. 나는
나의 고향이자 타향이었고, 모국이자 외국이었으며, 그 어딘가의
경유지이기도 했다. 그렇다면 삶이란 집에 대한 그리움으로 현재는
집 밖에 있음을 인식하게 되는 여행일지도 몰랐다.

나는 쓸쓸할 때마다 사람에게 돌진하길 주저하지 않았다. 감옥이나
지옥 같은 인연도 더러 있었다. 누굴 만나도 영원한 낙원까진 닿지
못했다. 그러나 나쁘지 않다고 생각했다. 서로에게 기대 마음껏
사랑하고 미워하는 동안에는 생에 대한 염세를 잠시나마 떨칠 수
있었다. 나는 엉망진창인 사건들에 슬퍼하면서도, 내가 텅 비지
않았다는 사실에는 언제고 감사했다.

_빅피시, 2022년, 6쪽

007 서유미 소설,《우리가 잃어버린 것》

인생을 산다는 게 그 접힌 페이지를 펴고 접힌 말들 사이를 지나가는 일이라는 걸, 아무리 가깝고 사랑하는 사이여도 모든 것을 같이 나눌 수도 알 수도 없다는 걸, 하루하루 각자에게 주어진 일들을 해나가다 가끔 같이 괜찮은 시간을 보내는 게 인생이라는 생각이 들었다.

_현대문학, 2020년, 31쪽

"하루하루 각자에게 주어진 일들을 해나가다가 가끔 같이 괜찮은 시간을 보내는 게 인생이라는 생각이 들었다." 이 문장을 필사하던 저는 '가끔 같이 괜찮은'이라는 구절을 작은따옴표로 묶어 두었답니다. 제가 막연하게 느끼던 감정을 명확하게 정리해 준 부분이었기 때문이지요. 여러분도 필사를 하다 글 속에서 또 다른 나를 만나게 된다면, 반가움의 표시로 작은따옴표를 적어 넣어 보세요.

단 한 사람을 위해 쓰는 글
_누구에게, 왜 써야 할까?

　스무 살 무렵, 글과는 전혀 관련 없는 대학에 진학하고 나서야 글쓰기에 흥미가 생겼습니다. 아무래도 전공을 잘못 선택한 것 같다는 생각에 저의 블로그는 신세 한탄으로 도배되기 시작했지요. 독학이라도 하겠다는 마음가짐으로 다른 이가 쓴 책을 먹어 치우듯 읽으며, 흘려보내기 아까운 명문장들을 함께 기록해 두기도 했답니다. 이번 책을 준비하며 그 문장들을 싣고자 블로그를 다시금 살펴보던 저는 실소를 터뜨리고야 말았습니다. 별것도 아닌 고민

거리를, 심혈을 기울여 써놓은 제가 퍽 잔망스럽게 느껴졌기 때문입니다.

저는 왜 일기장에 써도 그만일 시시콜콜한 이야기를 굳이 블로그에 공개적으로 올렸을까요? 그것도 마음과 힘을 다해서 말입니다. 아마 내 글을 읽어주고 공감해주는 이가 있기를 소원했기 때문이었을 것입니다. 나의 생각을 독자에게 오롯이 전달하겠다는 일념으로 단어를 고르고 문장을 다듬는 수고를 마다하지 않았던 것이지요.

이처럼 개인적인 일기를 쓸 적에도 독자를 염두에 두는데 목적이 있는 글을 쓸 때에는 두말할 것도 없겠지요. 내 글이 쓸모 있게 읽히기를 원한다면 내 글을 읽어 줄 대상을 특정해 보는 것이 우선입니다.

독자의 관심사, 연령대, 직업이나 성별이 너무나도 다양한 탓에 대상을 특정하는 일이 막연하게 느껴질지도 모르겠습니다. 하지만 힌트는 바로 여기에 있습니다. '독자의 관심사+연령대+직업이나 성별 등'을 조합하여 짧은 문장을 만들어 보면 그것이 곧 여러분의 글을 읽어 줄 독자가 될 테니까요.

즉, '간단한 요리법을 익히고 싶은 이십 대 자취생'이라든지, '소액으로 부동산 투자를 시도하려는 삼십 대 신혼부부'와 같은 식으로 대상 독자를 설정할 수 있다는 이야기입니다. 이러한 과정을 거치고 나면 어떤 단어를 사용하여 어떤 문체로 글을 써야 할지 감이 잡히는 것은 물론 그들에게 필요한 정보를 선별하여 글을 구성할 수도 있지요.

이것만으로도 충분하지만 저는 여기에서 한 발짝 더 나아가 대상을 한층 구체화합니다. 단 한 명의 독자를 상상하며 글을 쓰라는, 저의 글쓰기 선생님의 가르침이 가슴속 깊이 자리하고 있기 때문입니다. 선생님은 말씀하셨습니다. 모두를 위한 글은 아무도 만족시킬 수 없지만, 단 한 명을 위한 지극한 글은 뭇사람의 심금을 울릴 수 있다고 말입니다. 그리하여 저는 단 한 명의 독자를 향해 이 책을 쓰고 있습니다.

사는 일에 치여 글쓰기에 손을 놓은 지 오래되었지만 필사라는 작은 움직임으로 내 안에 숨어 있는 감각을 일깨워 멋진 글을 써보고 싶은 서른 살의 지적인 여성. 어때요. 여러분과 비슷한가요?

'한 사람을 위한 글을 쓰는 일이 과연 가능할까?' 하는 의구심이 든다면 생텍쥐페리의 소설 《어린 왕자》의 서문을 필사해 보세요. 그는 절친한 친구 레옹베르트, 그것도 어린이였을 때의 레옹베르트에게 이 책을 바친다고 말하고 있습니다. 그 뒤로 수록된 문장들 역시 특정한 대상을 향해 글을 쓰고 있기는 마찬가지인데요. 문장들을 필사하며 이 글은 과연 누구를 위해 쓰인 글일지 생각해 보고, 어떠한 단어와 문체로 그들에게 이야기하고 있는지 살펴보면 좋을 듯합니다.

'그냥 쓰는 것도 어려운데 독자를 고려해 가며 그에 맞게 글을 써야 한다니!' 하는 부담감에 짓눌려 글을 쓸 엄두가 나지 않을 수도 있지만 지레 겁먹지 마세요. 여러분은 이미 어린이에게는 다정하게, 친구에게는 허물없이, 상사에게는 예의를 지키며, 어른에게는 공경을 담아 이야기할 줄 알잖아요. 독자를 특정하여 글을 쓰는 일도 이와 다르지 않습니다. 글을 쓰기 전, 그들의 얼굴을 먼저 떠올린다면 자연스레 문장을 시작할 수 있을 거예요.

008 보니 가머스 소설, 《레슨 인 케미스트리 2》

자신에 대한 의심이 들 때마다, 두려움을 느낄 때마다 이것만
기억하십시오. 용기는 변화의 뿌리라는 말을요.
화학적으로 우리는 변화할 수 있게 만들어진 존재입니다. 그러니
내일 아침 일어나면 다짐하십시오. 무엇도 나 자신을 막을 수 없다고.
내가 뭘 할 수 있고 할 수 없는지 더는 다른 사람의 의견에 따라
규정하지 말자고.
누구도 더는 성별이나 인종, 경제적 수준이나 종교 같은 쓸모없는
범주로 나를 분류하게 두지 말자고.
여러분의 능력을 잠재우지 마십시오, 숙녀분들. 여러분의 미래를
직접 그려보십시오.
오늘 집에 가시면 본인이 무엇을 바꿀 수 있는지 스스로에게
물어보십시오. 그리고 시작하십시오.

_다산북스, 2022년, 236쪽

009 이다혜 에세이,
《어른이 되어 더 큰 혼란이 시작되었다》

당신 자신을 당신의 딸이라고 한번 생각해보세요. 지금 자신에게
하고 싶은 말, 스스로에게 사주고 싶은 것…. 어떻게 달라지나요?
스스로에게 자학하며 던지는 말을, 딸에게라면 하고 싶으세요?
지금 스스로에게 과분하다고 생각하는 것들을, 딸에게라면 아끼고
싶으신가요? 나는 내 딸이다, 내가 사랑하는 내 딸이다 생각하고,
마음이든 물건이든 어떻게 해주고 싶은지 생각해보세요.

_현암사, 2022년, 146쪽

010 앙투안 드 생텍쥐페리 소설,《어린 왕자》

레옹 베르트에게
이 책을 어른에게 바친 데 대해 어린이들의 용서를 구하려고 한다.
내게는 그럴 만한 아주 중요한 이유가 있는데, 어른은 내가 이
세상에서 사귄 가장 훌륭한 친구이기 때문이다. 또 어른은 모든 것을
이해하고, 심지어 어린이들을 위해 쓴 책까지도 이해한다.
또 다른 이유는 이 어른이 프랑스에서 살고 있는데, 거기서 굶주림과
추위에 떨고 있기 때문이다. 그는 위로가 필요한 처지에 있다.
이 모든 이유로도 부족하다면, 이 책을 그의 어린 시절에게
바치고 싶다. 어른들도 모두 한때는 어린이였다. (그러나 그걸 기억하는
어른들은 별로 없다.) 그래서 나는 헌사를 이렇게 고쳐 쓰고 싶다.

어린이였을 때의 레옹 베르트에게.

생텍쥐페리는 소설을 집필하는 내내 레옹베르트라는 단 한 사람,
그것도 어린이였을 그의 얼굴을 떠올리며 마음을 다해 글을
썼다고 해요. 그 결과 이 책은 어린이는 물론 어른에게도 두루
읽히는 명작이 되었지요.

011   강원국 에세이,《대통령의 글쓰기》

기업에서 사장의 연설문 작성을 맡은 직원이 있다고 하자. 그가 의식해야 할 대상은 누구누구일까? 첫째, 사장. 둘째, 연설을 듣는 직원들. 셋째, 이 연설 내용을 보도하는 언론사 기자. 마지막으로 언론 기사를 보는 고객, 주주, 직원 가족이 될 것이다. 이렇게 기업 연설문 하나에도 그 대상은 많다. 이들 각각에 대한 연구는 아무리 해도 지나침이 없다. 어디 말과 글뿐이겠는가. 어린아이와 사진을 찍을 때 다리를 크게 벌려 키를 맞추는 노무현 대통령의 모습 속에 글은 어떻게 써야 하는지 답이 있다.

_메디치미디어, 2014년, 35~36쪽

012 원도 에세이,《아무튼, 언니》

언니들은 가진 색깔도 다 달랐다. 그들 한 명 한 명이 무채색이던
나에게 각자의 고유한 색을 입혀주었다. 언니들은 아픈 오빠를 둔
동생이 아니라 있는 그대로의 나를 받아들였다. 따뜻한 목소리로
내 이름을 불러주었다. 나는 그들에게서 신파 없이 서로의 고통을
담담하게 대화로 풀어내는 법을 배웠다. 눈물을 동반하지 않고도
상처를 드러내는 법과 눈물을 보일 땐 부끄러움 없이 펑펑 울며
기대는 법을, 시기나 질투 없이 진심으로 누군가를 축하하는 법을,
과거와 미래에 얽매이지 않고 오롯이 현재를 누리는 법을 배웠다.
그 과정에서 나 자신이 누군가를 부양하기 위해 만들어진 존재가
아니라 마음 내키는 대로 살 권리가 있는 하나의 생명이라는 걸
깨우쳤다.
어둠이 짙게 내린 길에 가로등이 하나둘 켜지기 시작하는
느낌이었다.

_제철소, 2020년, 12쪽

013 스티브 잡스 연설문,
〈2005년 스탠퍼드 대학 졸업사〉

제가 17살이었을 때, 이런 인용구를 읽었습니다.

"만약 당신이 매일을 마치 마지막 날처럼 산다면, 틀림없이 제대로 살
수 있을 것이다."

이 말은 제게 깊은 인상을 남겼고, 그 이후로 지난 33년 동안 매일
아침 거울을 보며 스스로에게 물었지요.

"만약 오늘이 내 인생의 마지막 날이라면, 오늘 하려는 일을 하고
싶을까?"

그리고 너무 많은 날 동안 연속적으로 "아니오"라고 대답하게 될
때마다, 저는 제가 무언가를 바꿀 필요가 있다는 것을 알았습니다.

014 가키야 미우 소설, 《이제 이혼합니다》

"참, 너도 마사요가 보낸 상중엽서 받았지?"

자꾸만 그 상중엽서가 머릿속에 떠올랐다. 그때 이후로 마사요가
너무나 부러워서 무의식중에 스스로의 처지를 원망하곤 했다. 나도
마사요처럼 빨리 자유로워지고 싶었다. 남편이 주는 위압감에
짓눌려 살아가는 답답함은 나이가 들수록 점점 더 견디기 힘들었다.
언제 찾아올지 모르는 남편의 죽음을 무작정 신에게 빌기보다는
차라리 이혼하는 편이 빠르다는 건 잘 알고 있다. 하지만 돈이 없다.
혼자서 어떻게 먹고살 것인가. 문제는 항상 이것이다.

아아, 돈만 있으면…….

하지만…… 없다.

_문예춘추사, 2023년, 26~27쪽

이 소설의 주인공은 남편이 하루라도 빨리 죽었으면 좋겠다고
노래를 부릅니다. 작가는 결혼 생활에 질린 여성 독자를 염두에
두고 이 소설을 썼겠지요? 행복한 가정을 영위하고 있는
사람에게는 이 글이 끔찍하게 다가오겠지만, 그렇지 않은 사람에게
이보다 더 통쾌한 글은 없을 거예요.

읽는 순간 눈을 뗄 수 없다
_ 다양한 어휘, 생생한 묘사와 비유 활용하기

고등학교 3학년 수험생 시절, 하라는 공부는 안 하고 단짝 친구와 편지를 주고받으며 시간을 보냈습니다. 1교시에 편지를 써서 친구에게 건네주면 그것을 읽은 친구가 2교시에 답장을 써서 저에게 전달하고, 저는 그에 회답하려 3교시 내내 편지지에 코를 박고 있었지요. 그렇게 몇 통의 편지가 오가다 보면 어느새 종례 시간이 되곤 했답니다.

감수성 예민한 여고생끼리 편지로 마음을 나눴던, 그저 흘려보내도 그만일 사소한 기억을 추억으로 간직하고 있는 데에는 그만한 이유가 있습니다. 그건 우리 둘만의 편지를 읽고 싶어 하는 다른 친구가 여럿 있었기 때문입니다. 개중에서도 제 편지의 애독자였던 짝꿍이 보여주었던 열렬한 반응은 잊으려야 잊을 수가 없습니다.

'점심시간을 앞두고 너의 편지를 개봉하는 나의 손은 라면 봉지를 뜯는 허기진 이의 그것처럼 바르르 떨렸어. 주린 배를 움켜쥐고서 흥미에도 없는 수업을 듣는 건 정말이지 짜증 나는 일이야. 선생님의 목소리가 내게는 이명과도 같아. 평생토록 귓병을 앓았다던 베토벤도 이와 같은 신경쇠약에 시달렸을까?'

편지를 읽던 짝꿍은 저의 등을 때리며 폭소했습니다. "라면 봉지를 뜯는 허기진 사람처럼 손이 바르르 떨렸대!" 그러고는 눈가에 찔끔 맺힌 눈물을 소맷부리로 닦아냈지요. "선생님 목소리가 이명 같대!" 하면서 말입니다. 만일 제가 '배가 고파서 손이 떨렸다'거나 '선생님 목소리가 듣기 싫다'는 식의 문장을 썼어도 이와 같은 뜨거운 반응을 얻을 수 있었을까요? 아마 그렇지 않았을 것입니다. 무미건조한 문장을 읽은 친구는 그것을 글자 그대로 받아들일 뿐, 머릿속으로는 아무것도 그릴 수 없었을 테니까요. 이 말인즉, 비유를 사용하여 글을 쓰면 독자가 글을 수동적으로 읽는 것에 그치지 않고, 능동적으로 그 장면을 상상하며 글에 빠져들게 된다는 이야기입니다.

읽는 이가 글에 몰입할 수 있도록 돕는 장치는 이외에도 여러 가지가 있습니다. '쌕쌕', '우당탕', '퍼덕퍼덕'과 같은 의성어를 사용하면 청각적 효과를, '아장아장', '보송보송', '번쩍번쩍'과 같은 의태어를 사용하면 시각적 효과를 줄 수 있지요. 짧은 문장과 긴 문장을 적절히 섞어가며 문장의 완급을 조절하면 글의 리듬감도 살릴 수 있고요. 이러니저러니 하는 지루한 상황 설명을 "불이야!" 하는 등장인물의 한마디로 대신하는 방법도 있답니다.

온갖 효과로 시청자의 눈과 귀를 사로잡는 영상과 달리, 글은 오로지 문자만으로 승부해야 하니 여간 까다롭지 않습니다. 그럼에도 불구하고 글을 쓰고 싶다면 어휘력이 풍부해야 하는 건 당연지사겠지요? 그래야 이 모든 장치를 자유자재로 구사할 수 있을 테니까요.

생동감이 살아 있는 글이 독자에게 어떻게 다가가는지 일찍이 눈으로 확인한 저는 그러한 글을 써보려 무던히도 애를 썼습니다. 하지만 실력이 욕심을 따라가지 못한 탓에 책을 읽으며 감탄과 질투를 느끼는 시절을 아주 오래 보냈답니다.

당시, 제가 가장 시샘하던 작가는 소설가 은희경이었는데요. 그녀의 소설 《새의 선물》에서는 잠에서 깬 주인공에게 더 자라는 표시로써 오른손을 들어 가만히 위아래로 흔드는 할머니의 모습을 "허공에 누워 있는 아기를 토닥이는 것 같은 몸짓"이라고 표현했습니다. 저는 세상에 존재할 수 없는 "허공에 누워 있는 아기"를 만들어 낸 그녀의 상상력에 그만 무릎을 꿇고야 말았지요.

백문이 불여일견. 놀라움을 절로 자아내는 은희경의 문장을 준비했으니 찬찬히 필사하며 머릿속에 그 장면들을 직접 그려보기 바랍니다. 사람마다 경험과 상상의 폭이 다르기에 저와 같은 감정을 느끼지 못할 수도 있을 거예요. 그러한 분들을 위해 다른 훌륭한 문장들도 함께 수록했으니 두루 살펴보셨으면 합니다.

마지막으로 당부하고 싶은 점은 예전의 저처럼 감탄과 질투를 느끼는 데에 그치는 대신, 글에 생동감과 리듬을 살리기 위해 어떠한 장치가 사용되었는지 눈여겨보셨으면 한다는 것입니다. 더 나은 글을 쓸 수 있는 지름길은 분명 있으니까요.

015 신경숙 소설, 《외딴방》

엄마는 오렌지색 한복을 입고 있다. 저고리 위에 겹저고리가
달려 있고, 옷고름 대신 국화꽃 모양의 브로치를 달고 있다. (중략)
직업훈련원은 구로공단 입구에 있다. 식당을 나와 버스를 타고
공단 입구로 간다. 직업훈련원 운동장에서 열여섯의 나와 열아홉의
외사촌이 엄마와 작별을 한다. 그날의 훈련원 운동장을 기억한다.
오렌지빛, 멀어지던 오렌지빛을. (중략) 외사촌의 눈에 눈물이
글썽인다. 등 뒤에 우리를 두고 훈련원 쇠문을 향해 걸어가는 엄마의
발걸음은 자꾸만 되돌려진다. 엄마는 그 운동장에서 오렌지빛
얼룩이다. 얼룩은 멀어지다가 다시 다가와서 외사촌과 내 손을 서로
잡게 하고서는 서로 의지해야 한다고 말한다.

_문학동네, 2014년(초판 발행 1999년), 35쪽

작가는 오렌지색 한복을 입고서 저 멀리 걸어가는 엄마를
"오렌지빛"으로 표현했습니다. 그런데 그것은 이내 "오렌지빛
얼룩"으로 변하고야 맙니다. 엄마를 바라보는 자신의 눈에 눈물이
고인 상황을 "오렌지빛 얼룩"으로 함축한 것이지요.

016 은희경 소설,《새의 선물》

할머니는 방문을 열고 나가기 전에 꼭 한 번은 이모와 내가 잠들어
있는 아랫목을 돌아보았다. 그리고 어쩌다 내가 눈을 뜨고 있음을
알아차렸을 때는 더 자라는 표시로써 오른손을 들어 가만히
위아래로 흔들었다. 마치 허공에 누워 있는 아기를 토닥이는 것
같은 몸짓이었다. 그러면 나는, 살그머니 방문을 열고 할머니의
뒷모습이 빠져나간 뒤 그 문틈으로 스르르 들어와서 방안을 한 바퀴
휘 둘러보는 여명을 어렴풋이 느끼며 아침 준비를 끝낸 할머니가
깨우러 올 때까지 다시 잠 속으로 들어가곤 했다.

_문학동네, 2022년(초판 발행 1996년), 41쪽

017 이제니 시, 〈하얗게 탄 숲〉

종이를 찢듯 마음이 찢긴다는 말을 찢어버렸다.

가슴 깊이라고 말할 때 가슴의 깊이는 어디에 이를 수 있습니까.

하나 옆에 하나가 누워 있었다. 하나 옆에 또 하나가 누워 있었다.

누군가의 마음을 헤아려보려다 미움만 사고 말았습니다.

잠수부가 되어 돌고래가 되어 마음의 바다를 헤엄쳐보면 하나의

마음을 알 수 있을까요.

_《그리하여 흘려 쓴 것들》, 문학과지성사, 2019년, 98쪽

018 박경리 소설,《토지》

길상이 왜 좋은지 그 이유는 모른다. 길상은 목소리가 굵게 터져
나오는 이 시기가 자신에게 있어 봄이라는 것을 모른다. 눈은 더욱
크고 서늘해졌으며 긴 목이 좀 퉁거워졌고 양어깨가 벌어졌으며
다리에는 힘줄이 생긴 이런 변모가 인생에서의 봄이라는 것을
모른다. 봄에 눈을 떴기 때문에 이 화창한 봄 날씨가 좋았던 것이다.

_다산책방, 2023년(초판 발행 1993년), 1부 3권 50쪽

019 현진건 소설, 《운수 좋은 날》

선술집은 훈훈하고 뜨뜻하였다. 추어탕을 끓이는 솥뚜껑을 열
적마다 뭉게뭉게 떠오르는 흰 김, 석쇠에서 뻐지짓뻐지짓 구워지는
너비아니구이며 제육이며 간이며 콩팥이며 북어며 빈대떡…… 이
너저분하게 늘어 놓은 안주 탁자에 김첨지는 갑자기 속이 쓰려서
견딜 수 없었다. 마음대로 할 양이면 거기 있는 모든 먹음먹이를
모조리 깡그리 집어삼켜도 시원치 않았다. 하되 배고픈 이는 위선
분량 많은 빈대떡 두 개를 쪼이기로 하고 추어탕을 한 그릇 청하였다.
주린 창자는 음식 맛을 보더니 더욱더욱 비어지며 자꾸자꾸 들이라
들이라 하였다. 순식간에 두부와 미꾸리 든 국 한 그릇을 그냥 물같이
들이켜고 말았다.

단언컨대, 이 글을 읽고 입에 침이 고이지 않는 한국인은 없을
것입니다. 그만큼 맛있게 묘사된 글이지요. 특히 "석쇠에서
뻐지짓뻐지짓 구워지는 너비아니구이"라는 표현은 정말이지
맛깔납니다. '뻐지짓뻐지짓'이라는 단어는 표준국어대사전에
등재돼 있지 않지만, 뜨겁게 달궈진 석쇠 사이에서 익어가는
너비아니구이를 이 소리 아니면 또 무엇으로 표현할 수 있을까요.
이처럼 의성어나 의태어에는 다양한 변이형이 존재하므로 글을
쓸 때 자유로이 사용해도 별다른 무리가 없답니다.

020 프란츠 카프카 소설,《변신》

어느 날 아침, 불안한 꿈에서 깨어난 그레고르 잠자는 침대 속에서 한
마리의 끔찍한 벌레로 변해버린 자신의 모습을 발견했다. 철갑처럼
딱딱한 껍질로 된 등을 대고 누워 있었는데, 고개를 살짝 들자
불룩하게 솟은 배를 볼 수 있었다. 갈색의 배는 활처럼 휜 마디마디로
나뉘어 있었다. 이불은 언덕처럼 둥그스름한 배 위에 겨우 걸쳐져
있었다. 몸뚱이에 비해 비참하게 가느다란 수많은 다리는 속절없이
버둥거리며 그의 눈앞에 어른거렸다.

021 백석 시, 〈나와 나타샤와 흰 당나귀〉

가난한 내가
아름다운 나타샤를 사랑해서
오늘밤은 푹푹 눈이 나린다

나타샤를 사랑은 하고
눈은 푹푹 날리고
나는 혼자 쓸쓸히 앉아 소주를
마신다
소주를 마시며 생각한다
나타샤와 나는
눈이 푹푹 쌓이는 밤 흰 당나귀
타고
산골로 가자 출출이 우는 깊은
산골로 가 마가리에 살자

눈은 푹푹 나리고
나는 나타샤를 생각하고
나타샤가 아니 올 리 없다

언제 벌써 내 속에 고조곤히 와
이야기 한다
산골로 가는 것은 세상한테
지는 것이 아니다
세상 같은 건 더러워 버리는
것이다

눈은 푹푹 나리고
아름다운 나타샤는 나를
사랑하고
어데서 흰 당나귀도 오늘밤이
좋아서 응앙응앙 울을 것이다

쓰고싶은글의 분위기를 상상할 것
_분위기를 정하면 나머지는 따라온다

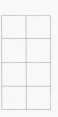

    은희경처럼 차가운 도시 여자 같은 글을 쓰고 싶었는데. 전혜린처럼 고독이 뚝뚝 떨어지는 글을 쓰고 싶었는데. 신경숙처럼 마음을 그대로 받아 적는 글을 쓰고 싶었는데. 이범선처럼 날카롭지만 따뜻하고 무뚝뚝하지만 세련된 글을 쓰고 싶었는데. 박형서처럼 파격적이고 신선하지만 탄탄함을 놓치지 않는 글을 쓰고 싶었는데. 하근찬처럼 뿌린 것을 꼼꼼하게 거둘 줄 아는 글을 쓰고 싶었는데. 나는 어쩌다가 이도 저도 아닌 글을 쓰게 됐을까.

과거의 저는 제가 흠모하는 작가들을 닮은, 차갑고 고독하며 날카롭지만 한편으로는 따뜻한 동시에 신선하면서도 탄탄한 글을 쓰고 싶었습니다. 하지만 그리하지 못하는 스스로가 너무나 실망스러워 블로그에 이러한 신세 한탄을 남겨두었지요. 지금의 제가 과거의 저를 만날 수 있다면 이러한 조언을 건네고 싶습니다. 여섯 마리의 토끼를 잡으려 욕심을 부렸으니 단 한 마리도 잡지 못하고 모조리 놓쳐버린 건 너무나 당연한 일이라고 말입니다.

앞서 단 한 명의 독자를 향해 글을 써야 한다고 말씀드렸던 것을 기억하시나요? 지금 드리려는 이야기도 이와 일맥상통합니다. 인상적인 글을 쓰고 싶다면 다양한 분위기를 담고 싶다는 욕심은 잠시 내려놓고, 여러분이 원하는 단 하나의 분위기만을 상상해 보세요. 하나의 분위기를 추구하다 보면 그와 어울리는 단어와 문체는 자연히 따라올 테고, 그렇게 일관성을 유지하며 글을 써나가다 보면 시나브로 단단한 세계가 구축될 것이며, 그 속에서 빠져나갈 틈을 찾지 못한 독자에게 '몰입'이라는 경험을 선사할 수 있을 테니까요.

생텍쥐페리의 《어린 왕자》를 경상도 사투리로 번역한 《애린 왕자》가 그 좋은 예시입니다. 포항 출신 출판인 최현애 씨는 "골목 띠 댕기믄서 흙 같이 파묻던 시절 그리버가 같이 놀던 얼라들 기억할라꼬 내가 다시 써봤다"라며 번역 동기를 밝혔는데, 흙 파묻던 그리븐 고향 땅을 머릿속에 그리며 번역한 이 책은 "내가 이 책을 으른이 읽또록 만들어가 마 얼라들한테 용서를 빈다"라는 문장으로 시작하여 "퍼뜩 편지를 보내도. 가가 돌아왔다믄서…" 하며 끝을 맺습니다. 그러니까 처음부터 끝까지, 단 한 문장도 빠짐없이, 경상도 냄새가 물씬 풍기는 사투리로 번역됐다는 이야기입니다. 최현애 씨는 포항 사투리를 연구하는 세 명의 학자에게 이 책의 감수를 맡기기까지 했답니다. 자신이 구축한 세계를 공고히 다지기 위함이었겠지요.

이 개성 넘치는 글을 저만 알고 있기에는 아깝지요. 그리하여 《애린 왕자》의 서문을 다음 장에 준비해 두었으니, 여러분도 함께 따라 써보며 이 글이 지닌 독특한 분위기에 빠져들어 보세요. 그리고 이 책에 수록된 《어린 왕자》의 서문과도 비교해보세요. 쓰고자 하는 글의 분위기를 상상하며 글을 지으면 결과물이 이토록 달라질 수 있다는 사실이 직관적으로 다가올 거랍니다.

이 밖에도 장황하지만 맛이 있는 글, 웃음이 절로 터져 나오는 재미있는 글, 읽는 이를 생각에 빠지게 만드는 철학적인 글, 감정을 절제하지 않은 격정적인 글, 손에 땀을 쥐게 하는 긴장감 넘치는 글을 고루고루 준비해 두었으니 필사를 하며 분위기에 따라 달라지는 단어와 문체를 느껴 보세요. 이 과정에서 여러분이 추구하는 분위기를 담고 있는 문장을 만나게 된다면 그 책을 구입하여 한 권 전체를 따라 써 보기를 권합니다.

　이다지도 부담스러운 권유를 드리는 이유는 '이 책에 수록된 짤막한 문장을 필사하면 그 글의 분위기를 내 것으로 만들 수 있다'라는 거짓말을 하고 싶지 않기 때문입니다. 물론 이렇게까지 시간을 들일 여유가 없는 분들을 위해 한 문장짜리 해결책도 준비해 두었습니다. 이거 하나만 명심하세요. 분위기를 깨지 말자!

022 앙투안 드 생텍쥐페리 소설,《애린 왕자》

레옹 베르트자테

내가 이 책을 으른이 읽또록 만들어가 마 얼라들한테 용서를
빈다. 내한테는 그럴 사정이 하나 있그등. 내가 이 시상에서 사긴
젤로 훌륭한 친구가 바로 이 으른이라 카는데. 또 다린 사정도 쫌
이따. 이 으른은 전신에 얼라들 보라꼬 쓴 책도 이해할 쭐 안다는
기다. 시 번째 사정도 있눈데. 이 으른은 지금 프랑스에 산다쿠데,
거서 굴므른서 추비에 떨고 있다 안카나. 가를 위로해 주야 한다.
이런 모든 사정으로도 부족하다모, 인자 마 으른이 데뿌랐는 옛날
얼라에게 이 책을 바치고 싶데이. 으른들도 원래는 마카 다 얼라였제.
(군데 그거를 기억하는 으른들이 밸로 엄따.) 그래가 나는 헌사를 요래 고칠라꼬.

얼라 때 레옹 베르트자테.

_이팝, 2020년, 7쪽

《애린 왕자》는 각국의 독특한 언어로 《어린 왕자》를 선보이는
프로젝트의 일환으로 유럽에서 먼저 출간되었습니다. 고작 300부
한정으로 말입니다. 하지만 이 책에 푹 빠져든 독자들의 열화와
같은 성원에 힘입어 국내에서도 출간되는 쾌거를 이루었답니다.

023 최은영 소설, 《쇼코의 미소》

어떤 영화를 만들고 싶다는 생각은 이미 죽어버린 지 오래였다. 나는 그저 영화판에서 비중 있는 사람이 되고 싶었다. 시나리오를 썼지만, 이야기는 내 안에서부터 흐르지 않았고 그래서 작위적이었다. 쓰고 싶은 글이 있어서 쓰는 것이 아니라 써야 하기에 억지로 썼다. 꿈. 그것은 허영심, 공명심, 인정욕구, 복수심 같은 더러운 마음들을 뒤집어쓴 얼룩덜룩한 허울에 불과했다. 꼬인 혀로 영화 없이는 살 수 없어, 영화는 정말 절실해, 같은 말들을 하는 사람들 속에서 나는 제대로 풀리지 않는 욕망의 비린내를 맡았다. 내 욕망이 그들보다 더 컸으면 컸지 결코 더 작지 않았지만 나는 마치 이 일이 절실하지 않은 것처럼 연기했다.

_문학동네, 2016년, 33쪽

024

황인찬 시, 〈무화과 숲〉

쌀을 씻다가
창밖을 봤다

숲으로 이어지는 길이었다

그 사람이 들어갔다 나오지 않았다
옛날 일이다

저녁에는 저녁을 먹어야지

아침에는
아침을 먹고

밤에는 눈을 감았다
사랑해도 혼나지 않는 꿈이었다

_《구관조 씻기기》, 민음사, 2012년, 104쪽

니코스 카잔차키스 소설,《그리스인 조르바》

그리스인이든, 불가리아인이든, 터키인이든 상관이 있습니까?
내게는 다 똑같아요. 이제는 그가 좋은 사람인지 아닌지만 생각하죠.
그리고 나이를 먹을수록 그조차 묻지 않게 됩니다. 보세요, 좋은
사람, 나쁜 사람이란 구분도 잘 맞질 않아요. 난 모든 사람이 불쌍할
뿐이에요.

조르바는 자유분방하고 낙천적인 인물입니다. 유머와 생동감이
넘치는 그의 행동과 말투는 소설 전반에 걸쳐 활기찬 분위기를
조성하지요. 그의 입에서 흘러나오는 천진한 말들을 찬찬히 옮겨
쓰다 보면, 복잡하게만 느껴졌던 삶이 단순하게 다가와 머리가 다
상쾌해진답니다.

026 오정희 소설, 〈겨울 뜸부기〉

인생이 다만 그런 것뿐이라면 허전하고 쓸쓸해서 어떻게 살겠니.
사람마다 분수라는 게 있다는 것, 사는 일이 어렵다는 것, 무엇보다
생활의 안정이 우선적으로 이루어져야 한다는 어머니의 생각에
대체로 동의하고 있는 나였지만 어쩐지 오빠는 그렇게 살 수 없을 것
같은 느낌에 애매하게 웃어 보이는 수밖에 없었다. 그 느낌이라는 게
기실 책임 있게 말할 수 있는 확신도 아니고 뚜렷한 근거를 가진 것도
아닌, 다만 스무 살 나이에 이미 헌 옷가지처럼 남루히 널린 기존의
삶 중 하나를 둘러쓰기 시작한 나 자신의 오빠에 대한 바람 — 막연한
생각이지만 우리네 사는 삶과는 좀 다른 형태. 다른 색채의 인생을
살아주기를 바라는 — 에 지나지 않는 것인지도 몰랐다.

_《유년의 뜰》, 문학과지성사, 2017년, 131쪽

027 전혜린 에세이,《이 모든 괴로움을 또 다시》

난 좀 슬프다. 기도를 드리고 싶다. 나는 가시를 하나 품고 있다. 내 가슴의 가장 깊은 곳에. 때때로 난 그곳이 아픈 것을 느낀다. 그러면 난 아주 아주 홀로 가장 어두운 방 속에 있고 싶어진다. 거기서 촛불이 타는 것을 바라보고 싶다. 그러나 난 또한 뜨겁게 갈망한다. 사람을, 인간의 사랑과 따스함을.

028 김승옥 소설,《서울, 1964년 겨울》

1964년 겨울을 서울에서 지냈던 사람이라면 누구나 알고 있겠지만,
밤이 되면 거리에 나타나는 선술집 — 오뎅과 군참새와 세 가지
종류의 술 등을 팔고 있고, 얼어붙은 거리를 휩쓸며 부는 차가운
바람이 펄럭거리게 하는 포장을 들치고 안으로 들어서게 되어 있고,
그 안에 들어서면 카바이드 불의 길쭉한 불꽃이 바람에 흔들리고
있고, 염색한 군용 잠바를 입고 있는 중년 사내가 술을 따르고 안주를
구워 주고 있는 그러한 선술집에서, 우리 세 사람은 우연히 만났다.

029 오 헨리 소설,《마지막 잎새》

11월이 되자 눈에 보이지 않는 냉정한 이방인, 의사들이 폐렴이라고
부르는 이방인이 얼음같이 차가운 손가락으로 여기저기서 사람들을
괴롭혔다. 동부 지역에서는 대담하게 휘젓고 다니며 많은 사람을
희생시켰지만, 이 이방인도 좁고 이끼 낀 이 마을 골목에 와서는
기세가 한풀 꺾였다.

'폐렴'이라는 나그네는 기사도적인 신사가 아니었다. 캘리포니아의
부드러운 바람을 받으며 자란 작고 가냘픈 여자는 도저히 피투성이
주먹을 휘두르는 숨결 거친 이 늙은 협잡꾼과 맞설 만큼 강하지
못했거늘, 그는 존시를 덮쳐버렸다. 존시는 꼼짝 못 하고 페인트칠한
침대에 누워, 네덜란드풍 작은 창문 너머로 보이는 옆집의 텅 빈
벽돌담을 바라보고 있어야만 했다.

있어도 괜찮을 말, 없어도 좋을 말
_과도한 표현을 줄이고 어색한 문장 고치는 법

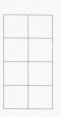

"작가가 되고 싶으면 글쓰기를 제대로 배워야 하지 않겠어요?"

한 출판 관계자가 작가 지망생이었던 저에게 일침을 놓았습니다. 지금 같았으면 "그러게나 말이에요" 하며 웃어넘긴 후 속으로 '너나 잘하세요' 하며 콧방귀를 뀌었겠지만, 어리고 여렸던 제 가슴에 그 말은 비수가 되어 꽂혔습니다.

며칠 동안 눈물을 뚝뚝 흘리며 명작가들의 문장을 필사하던 저는 이러한 결론을 내렸습니다. 누군가의 말에 상처를 받는 이유는 그 말이 진짜이기 때문이라고, 그래서 상처를 극복하는 방법은 그 말이 진짜가 아니도록 만드는 것이라고 말입니다.

그때부터 서점에 있는 글쓰기 책을 모조리 읽었습니다. 신춘문예에 도전하고 문창과 편입 시험도 치렀습니다. 이런, 떨어졌습니다. 하지만 포기할 수 없었습니다. 글쓰기 학원을 전전하며 여러 스승에게 가르침을 갈구하기 시작했습니다. 수업 중에 궁금한 점이 생기면 손을 번쩍 들었고, 수업이 끝나면 선생님을 붙잡고 질문 세례를 퍼부었습니다. 한번은 선생님께 이렇게 여쭸습니다. 문장을 잘 쓰려면 어떤 공부를 해야 하느냐고 말입니다. "소설가 김훈이 문장 공부를 어떻게 했는지 알아?" 그의 비기를 전수할 생각에 가슴이 두방망이질 쳤습니다.

"법전을 읽었대!"

…어디에서도 들어본 적 없는 비법이기는 했습니다. 서점의 글쓰기 책 코너에서 법전이 누워 있는 모습을 본 적은 없었으니까요. 긴가민가하긴 했지만 일단은 움직여 보기로 했습니다. 그가 가장 좋아한다는 '형법'을 필사하기

로 마음먹었습니다.

"범죄의 성립과 처벌은 행위 시의 법률에 따른다." 형법 제1장 제1조를 읽은 저는 곧바로 펜을 내려놓았습니다. 저 같은 하수가 범접할 수 있는 영역이 아니었던 것입니다. 하지만 어렴풋이 알 것 같았습니다. 군더더기 없이 명료한 그의 문장이 법전에서 비롯되었다는 사실을 말입니다.

실제로 그는 문장의 뼈다귀인 주어와 동사, 목적어 중심으로 글을 쓰려고 한답니다. 더불어 형용사와 부사는 되도록 사용하지 않는다네요. 그는 말했습니다. '추운 겨울'이나 '노란 개나리'와 같은 표현에서 '추운'과 '노란'이란 형용사가 나타낼 수 있는 것은 거의 없다고 말입니다. 하기야, 겨울은 원래 춥고 개나리는 안 봐도 노란데, 춥다느니 노랗다느니 하는 꾸밈이 무어 필요하단 말입니까. 이러한 표현은 문장의 뼈다귀에 붙은 군살에 불과하니 빼야 마땅합니다. 쉽게 말해 문장에도 다이어트가 필요하다는 이야기입니다.

내가 쓴 문장에도 군더더기가 붙어 있는지 의심이 된다면 이러한 부분을 함께 눈여겨보세요. '송금했다'고만 해도 충분할 것을 '돈을 송금했다'는 식으로 사족을 덧붙이고 있지는 않은지. '그 국수는 별미였다'는 문장을 두고 '그

국수는 별미인 국수였다'며 주어와 서술어를 반복하고 있지는 않은지. '허기'라는 두 글자 대신 '배가 고픔'이라는 표현을 사용해 '나는 배가 고픔을 이기지 못했다'는 식으로 어색하게 명사화한 문장을 쓰고 있지는 않은지. 이러한 군더더기를 삭제하면 문장에 힘이 실리는 것은 물론 비문을 쓸 확률도 낮아집니다. 문장이 짧아질수록 구조를 파악하기 쉬울 테니까요.

어렵지요. 쉽지 않습니다. 오죽하면 이태준의 《문장 강화》에는 이런 말이 다 쓰여 있을까요. "있어도 괜찮을 말을 두는 너그러움보다, 없어도 좋을 말을 기어이 찾아내어 없애는 신경질이 글쓰기에선 미덕이 된다"라고 말입니다.

신경질이 날 만큼 힘든 일이지만 노력을 기울일 가치는 분명 있습니다. 최고의 성형은 다이어트라는 말, 들어본 적 있으시지요? 자꾸만 눈길이 가는 문장 역시 다이어트를 통해 만들어진다고 저는 믿어 의심치 않습니다. 그러한 의미에서 여러분의 트레이너가 되어 줄 문장들을 준비해 보았습니다. 모두가 훌륭한 선생님이니 믿고 따라가, 아니 따라 써보세요.

030 이태준 에세이, 《문장강화》

있어도 괜찮을 말을 두는 너그러움보다, 없어도 좋을 말을 기어이
찾아내어 없애는 신경질이 글쓰기에선 미덕이 된다.

_창비, 2017년, 230쪽

《문장강화》라는 제목에서의 '강화講話'란 '강의하듯이 쉽게 풀어서
이야기함'을 뜻하는 단어입니다. 그런데 이 페이지에 수록된
문장과 어울리는 것은 '세력이나 힘을 더 강하고 튼튼하게
함'이라는 뜻을 지닌 '강화強化'가 아닐까 싶습니다. 군더더기와도
같은 말을 기어이 찾아내 없애는 과정을 거친 문장은 더욱 강하고
한층 튼튼해질 테니까요.

031 스티븐 킹 에세이, 《유혹하는 글쓰기》

또 하나의 충고는 이것이다. '부사는 여러분의 친구가 아니다.'
부사라는 것은 동사나 형용사나 다른 부사를 수식하는 낱말을
가리킨다. 흔히 '…하게(-ly)'로 끝나는 것들이다. 수동태와 마찬가지로
부사도 소심한 작가들을 염두에 두고 만들어 낸 창조물인 듯하다.
부사를 많이 쓰는 작가는 대개 자기 생각을 분명하게 표현할 자신이
없다. 자신의 논점이나 어떤 심상을 제대로 전달하지 못할까 봐
전전긍긍하고 있는 것이다.

지옥으로 가는 길은 부사들로 뒤덮여 있다고 나는 믿는다.

_김영사, 2017년, 150~151쪽

032 이성복 시론,《무한화서》

정작 할 얘기를 안 하기 때문에 말이 많아지는 거예요. 지금까지 한 말 모두 지워버리고, 말 다 했다고 생각한 데서 새로 시작해보세요.

_문학과지성사, 2015년, 76쪽

드라마 교육원에 다닐 적에 선생님께서 이런 말씀을 해주셨습니다.
"여러분이 여태껏 써온 글이 스스로에게는 너무나 소중하겠지만요,
사실은 거지 보따리 안에 든 보잘것없는 쓰레기입니다.
여러분, 거지 보따리를 버리고 이제부터 새로 시작해 봅시다."
문장을 지우며 아깝다고 생각하지 마세요. 그것마저 글을 쓰는
과정이니까요.

033 버지니아 울프 에세이, 《산문선》

이따금 제인 오스틴이 상상하고 묘사한 세계가 빅토리아 시대의
낡고 케케묵은 것이 아닐까 하는, 의구심을 품었었다.
하지만 《제인 에어》를 펼쳐 읽으니, 단 두 페이지 만에 마음속의
모든 의심이 씻겨 내려감을 느꼈다. 이것은 결코 사라지거나 유행에
휩쓸리지 않는 세계이다.
이처럼 작가는 독자의 손을 잡고서 자기가 보고 있는 길로 끌고 가서,
자신이 보는 것을 있는 그대로 보게 만들어야 한다.

034 은유 에세이, 《쓰기의 말들》

나쁜 글이란 무엇을 썼는지 알 수 없는 글, 알 수는 있어도 재미가
없는 글, 누구나 다 알고 있는 것을 그대로만 쓴 글, 자기 생각은 없고
남의 생각이나 행동을 흉내 낸 글, 마음에도 없는 것을 쓴 글, 꼭 하고
싶은 말이 무엇인지 갈피를 잡을 수 없도록 쓴 글, 읽어서 얻을 만한
내용이 없는 글, 곧 가치가 없는 글, 재주 있게 멋지게 썼구나 싶은데
마음에 느껴지는 것이 없는 글이다.

_유유, 2016년, 126쪽

PART 2

첫 문장을
쓰기 위한
준비

어떻게든 쓰다 보면 마침표를 찍을 수 있다
_ 글쓰기 두려움에서 벗어나기

저는 매일 아침 요가원에 갑니다. 하루라도 요가를 하지 않으면 온몸에 가시가 돋쳐 그리하는 건 아닙니다. 그저 게으른 몸뚱이를 일으키기 위함입니다. 요가원에라도 가지 않으면 이불 속에서 뭉그적뭉그적 시간만 보낼 게 뻔하니까요. 되도록 수련 시작 십 분 전에는 요가원에 도착하려 합니다. 나무젓가락처럼 뻣뻣한 저에게 요가는 고문과도 다름없기에 고개를 빙글빙글 돌리고 손목을 까닥까닥하며 준비운동을 하는 것이지요. 물론 그렇게 실컷 몸을 풀어도 매트 위에 오른 한 마리의 갑각류 신세를 면하긴 어렵습니다. 수련실을 뛰쳐나가고 싶은 마음이 굴뚝같지만 "무리하지 말고 할 수 있는 만큼만" 하는 선생님의 응원에 힘입어 몸을 움직이다 보면 지옥의 요가는 어느새 막을 내립니다.

요가를 마치고 나면 출근을 합니다. 사람들은 저더러 글을 즐기면서 쓰는 것 같다고 이야기하곤 하지만 천만의 말씀, 작업실로 향하는 발걸음은 천근만근 무겁기만 합니다. 어떤 작가는 자리에 앉자마자 글을 줄줄 써 내려가기도 한다는데, 저에게 그런 기적 같은 일은 좀처럼 일어나지 않습니다.

원고를 쓰려 텅 빈 화면을 마주하고 있노라면 머리마저 텅텅 비어버린 기분이 듭니다. 새로운 결과물을 만들어 내야 한다는 부담감에 숨이 막히기도 하고요. 심지어는 글 쓰는 방법을 몽땅 잊어버렸다는 망상에 사로잡히기도 합니다. 이러한 두려움이 꼬리에 꼬리를 무는 날이면 재미있는 책을 펼칩니다. 본격적으로 글을 쓰기 전, 페이지가 가볍게 넘어가는 글을 읽으며 준비운동을 하는 것이지요.

세상에 재미있는 책은 많습니다. 개중 신경숙의 소설 〈봄밤〉은 저의 취향을 저격했습니다. 전화번호부에서 '김방구'라는 이름을 발견한 주인공은 설마 하는 마음으로 전화를 걸어 "거기 김방구 씨 댁이죠?" 하고 묻습니다. 그러고는 "전데요" 하는 대답에 흠칫 놀라버리고야 맙니다. 개그와는 거리가 먼 신경숙이 김방구라는 이름을 떠올렸다는 것 자체가 저의 웃음 버튼입니다.

얼굴에 미소를 지으며 글을 읽고 나면 경직되어 있던 마음이 한결 부드러워집니다. '김방구'처럼 재미있는 단어로 백지를 채워나갈 생각을 하면 신이 나기도 합니다. 아니, 이보다 더 매력적인 글을 쓰고 싶다는 욕심마저 샘솟습니다. 물론 글을 쓰다 보면 순간순간 막막해져 키보드를 두드리던 손을 기도하듯 모으게 될 적도 많습니다.

그런데 그렇게 한참을 묵상에 잠겨 있다 보면 마음속에서 이러한 응답이 들려오곤 합니다. '무리하지 말고 쓸 수 있는 만큼만 쓰면 된다', '글이 마음에 차지 않으면 다시 쓰면 된다', '재능을 가지진 못했지만 시간만은 충분히 가지고 있으니 쓰고 지우기를 반복하다 보면 어느새 마침표를 찍을 수 있다'라고 말입니다.

그나저나 "전데요…" 하고 대답했던 김방구 씨에게 주인공이 무어라 대꾸

했는지 궁금하지 않나요? 한 글자라는 힌트를 드릴 수는 있습니다만, 여기에서 정답까지 공개해 버리면 재미없으니 페이지를 넘겨 필사하며 직접 알아보시기 바랍니다.

　이 밖에도 글쓰기 전 마음을 가볍게 하는 문장들을 모아 이번 장을 구성해 보았는데, 이 문장들은 지금 당장 필사해도 좋지만 조금 아껴 두었다가 글쓰기가 두렵게 느껴질 때 따라 써보는 것은 어떨까요? 준비운동 하듯 말이에요.

035 김유리 소설, 〈A, B, C, A, A, A〉

A는 마산에서 태어나고 자라 부산에서 대학을 다니고 직장 생활을 하는 남자였다. 부산과 마산과 남성을 섞어 넣고 갈면 멋진 생활보수가 된다는 걸 나는 잘 알고 있었다. 사람은 누구나 다 생애 한 번쯤은 말도 안 되는 이성교제를 하기 마련이라고 나는 믿고 싶다. (중략)

사랑에 빠지는 주요 3대 요소.

1. 188cm의 키. 2. 아이돌처럼 생긴 얼굴. 3. 초콜릿 복근.

그랬다. 나는 남자 보는 눈이 없었다. 적어도 이 논픽션 소설의 끝에 이르기 전까지는.

_《냉면》, 안전가옥, 2019년, 10쪽

이 소설의 주인공은 A라는 남자를 좋아합니다. 그는 그녀를 사랑에 빠지게 하는 주요 3대 요소인 188cm의 키, 아이돌처럼 생긴 얼굴, 초콜릿 복근을 두루 갖춘 사람이기 때문입니다. 살짝은 뻔뻔하고 몹시도 당당한 문장에 저는 그만 웃음을 터뜨리고야 말았답니다.

036 이다혜 에세이, 《퇴근길의 마음》

얼마를 얻을지를 계산하기보다 내가 무엇을 내줘야 할지 생각해야
할 때가 있다. 안정감을 위해 (이루었다면 무척 자랑스러웠을) 어떤
성취의 가능성은 멀어졌다. 어떤 면에서는, 내가 원하는 대로 살기
위해서, 부모님이 내게 원했던 방식의 안정은 포기했다. 회사를
다닐까 그만둘까, 혼자 일할까 같이 일할까, 하던 일을 지속할까 새로
도전해볼까. 그 모든 순간에 나는 무언가를 얻는 선택을 하는 동시에
무언가를 포기하는 선택을 했다. 돌이킬 수 없는 그 나날들에 빚져서
오늘의 내가 있다. 과거의 나를 탓하고 싶을 때는, 미래의 나를 위해
더 잘살자는 쪽으로 생각을 바꾼다. 이것이 사회인으로 살아가는
나의 담담한 최선이다.

_빅피시, 2022년, 21쪽

037 신경숙 소설, 〈봄밤〉

"여보세요."

"거기 김방구 씨 댁이죠?"

"그런데요."

"김방구 씨 바꿔주세요."

"……전데요."

J는 갑자기 할 말이 없어졌다. 처음엔 그런 이름이 정말 있을까?

확인해 보려고 전화번호부를 뒤졌고 그런 이름이 있어 심심해서

번호를 눌러보았지만 김방구 씨 본인이 받을 줄은 몰랐다. 열어놓은

창문으로 라일락 향기는 봄밤 바람결을 타고 J에게로 날아왔다.

김방구 씨가 수화기 저편에서 물었다.

"……누구시죠?"

J는 잠깐 수화기를 든 채로 멍하니 앉아 있었다.

"……누구시냐니까요."

"……"

"……여보세요? 여보세요?"

"……뿡!"

J는 얼른 수화기를 내려놓았다.

038 루이스 캐럴 소설,《이상한 나라의 앨리스》

여기서 어떤 길로 가야 하는지 알려줄래?

고양이가 대답했다.

그건 네가 어디로 가고 싶은가에 달려 있어.

039 유진 오닐 희곡, 《밤으로의 긴 여로》

"어떻게 잊을 수 있겠어요? 과거가 현재 아닌가요? 그리고 미래이기도 하죠. 우리는 모두 거짓말을 해서 과거로부터 도망치려고 해요. 하지만 소용없어요. 인생이 그걸 허용하지 않으니까요."

040 김형수 에세이, 《삶은 언제 예술이 되는가》

겨울 어느 날이었어요. 날씨도 추운데, 조금 더 자고 싶은 것을 참고 일어나 출근 채비를 서둘렀어요. 세 든 방이 반지하라 바깥이 잘 보이지 않아요. 이렇게 되면 날씨와 복장을 못 맞추는 경우가 허다합니다. 그래, 대충 준비하고 문을 열었는데, 온 세상이 발칵 뒤집혀 있습니다. 뜻밖에도 눈이 펑펑 내려서 바람을 타고 눈발이 들이쳐 얼굴과 몸통을 마구 때려요. 저는 마치 고구려 장수가 화살 속을 뚫고 적진을 향하듯이 목을 잔뜩 움츠리고 걷습니다. 그때 어지럽고 캄캄한 눈밭 사이로 고향 집 울타리가 보이고 그 곁에서 손을 흔들던 어머니의 모습이 보입니다. 고향을 떠나올 때 순이도 그 위에 서 있었는데…. 갑자기 참을 수 없는 그리움이 솟구칩니다. 눈이 펑펑 내려서 천지는 하얗고, 마음은 한없이 심란해져서 숱한 그리움이 들끓어 감정이 요동을 칩니다. 객관 세계에 주관적인 감정이 크게 뒤집힌 것입니다. 오늘은 직장에서 잘리는 한이 있더라도 편지라도 한 통 써야지, 보고 싶은 친구에게 전화라도 해야지, 이렇게 정서불안이 생기는 것, 이걸 서정이라고 합니다.

_아시아, 2014년, 134쪽

041 마광수 시, 〈별것도 아닌 인생이〉

별것도 아닌 인생이

이렇게 힘들 수가 없네

별것도 아닌 사랑이

이렇게 사람을 괴롭힐 수가 없네

별것도 아닌 결혼이

이렇게 스트레스를 줄 수가 없네

별것도 아닌 이혼이

이렇게 복잡할 수가 없네

별것도 아닌 시가

이렇게 수다스러울 수가 없네

별것도 아닌 똥이

이렇게 안 나올 수가 없네

마광수는 가벼움의 미학을 추구하며 엄숙주의를 멀리했습니다. 소위 말해 '폼'을 잡지 않았다는 이야기지요. 쉬운 단어를 사용하여 쉬운 문장을 쓴 그의 글은 가벼이 읽히지만, 마음속에 남는 묵직한 무언가가 있답니다. 자고로 글이란 경건해야 한다는 고정관념에 사로잡혀 있다면, 그리하여 글쓰기가 두렵고 부담스럽게 느껴진다면, 마광수의 문장을 따라 쓰며 이 모든 것을 타파해 보세요.

마음을 스친 모든 것은 글이 된다
_일상에서 가까운 것부터 먼 것까지 글감 찾기

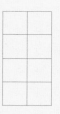

황석영은 말했습니다. 글은 왼쪽에서 오른쪽으로, 위에서 아래로, 천하의 잘난 작가 누구라도 앉아서 엉덩이로 쓰는 거라고 말입니다. 그런데 그의 조언에 따라 엉덩이가 뭉개지도록 앉아 있어도 한 글자도 쓰지 못하는 날이 있습니다. 이유야 여러 가지이지만 마땅한 글감이 없을 때 특히 그렇답니다. 뚝배기에 맹물만 넣어가지고서는 아무것도 만들 수 없지요. 된장찌개를 요리하고 싶다면 두부, 양파, 애호박, 된장을 넣고 바글바글 끓여야 합니다. 글도 이와 다르지 않습니다. 머릿속에 이런저런 글감을 넣고 인고의 시간을 거쳐야만 비로소 맛있는 글을 완성할 수 있습니다.

　책상 앞에 멍하니 앉아 맹물만 펄펄 끓이고 싶지 않다면 평소에 글감을 모아두는 편이 좋습니다. 카페나 지하철에서 스치는 사람들의 모습을 관찰하고, 친구와 나눴던 실없는 농담을 가슴속에 간직하고, 이성적인 눈으로 뉴스를 시청하고 감성적인 눈으로 계절을 바라보며 이런저런 생각도 떠올려 보고, 먼 옛날의 추억이나 간밤에 꾸었던 꿈이 머릿속을 스친다면 잊어버리기 전에 메모장에 기록해 두는 식으로 말입니다.

　그런데 이러한 사실을 이미 알고 있는 제가, 어째서 마땅한 글감이 없다며 엉덩이를 뭉개곤 하는 걸까요? 그건 잔뜩 모아둔 글감이 고물상에 쌓여 있는 구닥다리 물건처럼 느껴져 글로 환원할 수 없었기 때문입니다.

　그럴 때는 의자에서 슬그머니 일어나 시장에 갑니다. 평소 가까이 지내는 신문사 부장님이 해주셨던 말씀을 실행에 옮기기 위함입니다. 언젠가 동네 시장을 찾은 부장님은 "설탕! 설탕!" 하는 상인의 외침에 고개를 돌렸답니다. 그런 그가 팔고 있던 것은 설탕이 아닌 수박이었다지요. 달고 맛있는 수박을

광고하는 카피가 설탕이라니. 이보다 더 직관적인 표현이 어디 있느냐며 감탄을 표하는 부장님이었습니다. 부장님은 이어 말씀하셨습니다. 카메라가 굳이 들어가려 하지 않는 곳, 그래서 신문이나 텔레비전에서 자주 보이지 않는 곳, 하지만 그 어느 곳보다 살아 움직이는 장면이 넘쳐흐르는 시장에 가서 사람들이 사는 모습을 두 눈으로 직접 살피고 글을 쓰라고 말입니다.

마감을 앞두고서 마땅한 글감을 떠올리지 못했던 얼마 전에도 저는 시장을 향해 발걸음을 옮겼습니다. 세탁소 앞을 지나며 기름 냄새를 맡고 골목을 걸으며 아이와 학생과 노인의 면면을 살피다 보니 금세 시장에 도착했지요. 그러고는 사지도 않을 몸뻬 바지를 들었다 놨다 하며 그 부드러운 촉감을 느껴보기도 하고, 사람들 틈에 끼어 앉아 떡볶이를 먹으며 상인들의 대화를 엿듣기도 했답니다. '세상에는 이다지도 다양한 냄새와 맛과 사람이 있는데, 나는 이것들을 외면한 채 책상 앞에만 앉아 있었구나.' '탁상집필'을 하려 했던 게으른 저를 반성했습니다.

그날, 시장에 갔던 일로 글을 써내지는 못했습니다. 하지만 아무런 소득이 없었던 것은 아닙니다. 천천히 길을 걷고 시장을 살피며 머릿속을 정리하는 시간을 가졌거든요. 고물처럼 엉켜 있던 글감 중 버릴 것은 버리고 간추릴 것은 간추리니 쓸 만한 것이 보였고, 개중 하나를 잘 매만져 한 편의 글로 완성할 수 있었답니다. 그러니 시장에서 마주했던 장면들도 언젠가는 꺼내어 쓸 수 있겠지요? 그렇게 별스럽지 않은 것이 과연 글감이 될 수 있을까 의심스럽겠지만, 보세요. 여태까지 그 이야기로 글을 썼는 걸요!

세상에 글감이 되지 못하는 것은 없습니다. 머릿속에 차곡차곡 쌓아두었다가 필요할 적에 꺼내어 잘 벼리기만 한다면 말입니다. 그러니 아무리 사소한 기억이라도 잘 붙잡아 두세요. 어릴 적 목욕탕에서 맥시 팬티를 입은 할머니를 봤던 기억도 좋고, 아무 생각 없이 티 팬티를 입었다가 하루 종일 고통에 몸부림쳤던 기억도 좋습니다. 시장까지는 이해하겠는데 팬티는 좀 그렇지 않냐고요? 제 말을 믿지 못하겠다면 페이지를 넘겨 한수희의 에세이 〈맥시팬티의 신세계〉를 따라 써보세요. 팬티라는 서 말의 구슬을 꿰어 보배로운 글로 만들어 낸 모습을 직접 확인하실 수 있을 테니까요.

042 한수희 에세이, 〈맥시팬티의 신세계〉

미디와 맥시를 놓고 한동안 망설이던 나는 결국 맥시팬티를 골랐다.
아무래도 맥시팬티가 더 넉넉한 디자인일 것 같았다.
(중략) 그런데 맥시팬티는, 이럴 수가, 기저귀만큼이나 컸다. 나보다
몸무게가 15킬로그램쯤 더 나가는 남편이 입어도 될 정도로 컸다.
어린 시절 동네 할머니들이 목욕탕에서 이런 팬티를 입고 다니는 걸
본 기억이 났다. 그나마 95사이즈와 100사이즈 사이에서 고민하다가
'그래도 아직 100은 아닐 거야' 하고 불안해하며 95사이즈를
골랐는데, 100이었다면 반바지를 입고 다닐 뻔했다.
(중략) 그날 밤 샤워를 한 후 새로 산 맥시팬티를 꺼내 입었다. 깜짝
놀랐다. 몸에 딱 맞았다. 충격이었다. 딱 맞는 것뿐만 아니라 너무
편했다. 나는 거울 앞으로 달려갔다. 뭐야, 왜 이렇게 잘 어울리는
거지? 이래도 되는 거야? 심지어 맥시팬티는 맵시도 대단했다.
맥시팬티는 내 아랫배에 눈처럼 소복하게 쌓인 중년의 뱃살을
부드럽게 감싸주었다. 임신과 출산을 두 번 경험하며 넓어진 골반도
넉넉하게 받쳐주었다. 그냥 볼 때는 촌스럽던 무늬도 입고 보니
사랑스러웠다. 이것이 바로 맥시팬티의 신세계인가.

_《무리하지 않는 선에서》, 휴머니스트, 2019년, 56쪽

043 박완서 소설,
《그 많던 싱아는 누가 다 먹었을까》

할아버지를 기다리는 것은 어린 나에게 가장 큰 낙이었다. (중략)
'우리 할아버지다!'라고 생각하자마자 나는 총알처럼 동구 밖으로
내달았다. 단 한 번도 착각 같은 건 하지 않았다. 숨을 헐떡이며
열렬하게 매달린 할아버지의 두루마기 자락은 다듬이질이 잘 돼 늘
칼날처럼 차게 서슬이 서 있었다. 그리고 송도의 냄새가 묻어 있었다.
나는 그 냄새가 좋았다. 그러나 할아버지는 곧 오냐, 오냐, 내 새끼,
하면서 나를 번쩍 안아 올렸고, 그의 품은 든든하고 입김은 훈훈했다.
할아버지의 입김에선 언제나 술 냄새가 났다. 나는 할아버지의
훈훈함과 함께 그 술 냄새 또한 좋아했다.

_웅진지식하우스, 2021년, 19~20쪽

박혜란 에세이,
《나는 맘 먹었다, 나답게 늙기로》

왕성하게 활동하던 시기에는 긴 생머리를 고무줄로 질끈 동여매고
다녔다. 중국에 1년 동안 머물렀을 때부터 미장원에 가지 않고
그냥 내버려 둔 스타일이었다. 중년 아줌마의 헤어스타일로는
굉장히 이색적이라는 걸 당시에는 잘 몰랐었다. 화장기도 없는 데다
옷차림도 촌스러운 아줌마가 그 머리를 하고 TV에 나가 떠들고 전국
각지에 강의를 하러 돌아다녔으니 얼마나 눈에 띄었으랴.
(중략) 온갖 흉을 잡히면서도 꿋꿋하게 10년을 버티던 내가 어느
날 갑자기 머리를 싹둑 자른 것은 갱년기 우울증 때문도 아니요,
남이 흉보는 것에 지쳐서도 아니요, 순전히 내 팔 때문이었다.
어느 날 아침, 머리를 뒤로 빗어 넘겨 왼손으로 잡은 후 고무줄로
묶어야 하는데 오른쪽 팔이 올라가지 않는 거였다. 도대체 팔에서
뒤통수까지 몇 센티나 된다고 아무리 애를 써도 손이 닿지 않았다.
말로만 듣던 오십견이 온 것이다. 내 머리도 내가 마음대로 못
묶는다는 사실에 맥이 빠져 며칠이나 서글퍼하다가 나는 동네
미용실로 달려갔다. 묶을 수 없으면 묶지 않아도 되는 방법을 찾으면
되지 뭐.

_나무를심는사람들, 2017년, 37~39쪽

045 윤동주 동시, 〈참새〉

가을 지난 마당은 하이얀 종이
참새들이 글씨를 공부하지요.

째액째액 입으로 받아 읽으며
두 발로는 글씨를 연습하지요.

하루 종일 글씨를 공부하여도
짹 자 한 자밖에는 더 못 쓰는걸.

하루 종일 공부해도 짹 자 밖에 쓸 줄 모른다는 구절에서, 참새를
어린아이처럼 귀엽게 바라보는 시인의 눈길이 느껴집니다.
이처럼 애정 어린 눈으로 일상을 관찰하면 평범한 장면도
시가 될 수 있답니다. 어디서부터 어떻게 시작해야 할지
모르겠다면 윤동주의 시를 모방해 보는 것도 좋겠지요. 제가 먼저
〈비둘기〉라는 시를 지어 볼 테니, 여러분도 한번 시도해 보세요!
광활한 도시는 드넓은 무대 / 비둘기들이 노래하고 춤을 추지요.
// 구구구 입으로 노래 부르며 / 목으로는 춤을 연습하지요. // 하루
종일 노래하고 춤을 추어도 / 구구구 댄스밖에는 더 못 추는걸.

046 가브리엘 가르시아 마르케스 소설, 《백년의 고독》

그에게 중요한 것은 죽음이 아니라 삶이었고, 그랬기 때문에 사형이
선고되었을 때 그가 느낀 감정은 두려움이 아니라 삶에 대한
향수였다.

047 다자이 오사무 소설,《잎》

신주쿠 길가에 주먹만 한 돌멩이가 느릿느릿 기어가는 것을 보았다.
돌이 기어가네. 그렇게만 생각했다. 하지만 곧 앞서가던 추레한
아이가 실에 묶어 끌고 가던 것임을 눈치챘다. 아이에게 속은 것이
쓸쓸했던 게 아니다. 그런 말도 안 되는 일을 아무렇지도 않게
받아들였던 스스로의 자포자기가 서글펐다.

일생을 이런 우울과 싸우다 죽겠구나. 그렇게 생각하자, 그는 제
신세가 애처롭기 그지없었다. 푸른 논두렁에 안개가 확 밀려왔다.
눈물이었다. 그는 당황했다. 이런 값싼 감정에 휘둘려 눈물을 보인
것이 부끄러웠다.

048 이정림 에세이, 〈큰바람은 비껴가고〉

간밤에는 무서울 정도로 바람이 불었다. 유리문을 닫았는데도
무엇이 계속 부딪히는 소리가 나서 나가 보았더니, 틈새로 비집고
들어온 바람에 커튼 줄이 이리저리 흔들리고 있었다. 또 밖에서 부는
바람은 유령처럼 울부짖으며 유리창에 와 부딪히는데, 그 소리가
어찌나 음울하게 들리는지 밤기운을 더욱 을씨년스럽게 만들었다.
대체 얼마나 바람이 불면 이러나 싶어 문을 조금 열어 보려고 하자
갑자기 세찬 바람이 안으로 밀려 들어왔다. 순간 나는 깜짝 놀라 뒤로
물러서며 급히 문을 닫았다.
바람의 기세가 너무도 무서웠기 때문이다.

어려운 단어 없이도 좋은 문장
_나만의 문장 규칙과 루틴 만들기

"작가님 글은 격주로 연재될 예정인데요. 주제에는 제한이 없지만 독자가 공감할 수 있는 내용으로 부탁드려요. 분량은 200자 원고지 8매. 한글에서 파일, 문서 정보, 문서 통계 순으로 클릭하면 글자 수도 확인하실 수 있거든요? 공백 포함해서 1,600자에 맞춰서 써주시면 감사하겠고요. 마감일 오전 9시까지 원고 보내주시면 제작에 무리가 없겠습니다."

두 번째 책을 출간한 후, 어느 신문사에서 연재 제의를 받았습니다. 하늘이 내린 기회를 냉큼 잡았지만 곧 걱정이 밀려왔습니다. 그동안 기분 내키는 대로만 글을 써왔기에 구체적인 가이드라인 앞에서 잔뜩 주눅이 들어버린 것이지요. 하지만 이름 옆에 '초보 작가'라고 써 붙이고 신문사와 독자에게 양해를 구할 수도 없는 노릇이었습니다. 제가 할 수 있는 일이라고는 그저 열과 성을 다해 원고를 쓰는 것뿐이었지요. 하지만 그러한 노력에도 불구하고 원고를 반려 당하기도, 독자에게 항의 메일을 받기도 했습니다. 열심히만 쓴다고 해서 되는 일이 아니라 요령이 필요했던 것이지요. 그대로 주저앉을 수 없었던 저는 실패 없는 글쓰기 규칙을 만들기에 이르렀답니다.

1. 기승전결에 맞춰 글을 쓴다

일으켜 세울 '기起', 이어받을 '승承', 돌릴 '전轉', 맺을 '결結'. 기에서 이야기를 일으켜 세우고, 승에서 이를 이어받아 전개하며, 전에서 주의를 돌려 변화를 준 후, 결에서 단단하게 마무리 짓는 글쓰기 방식을 '기승전결'이라 합니다. 오래 전부터 널리 쓰인 방식이니만큼 사람들 눈에 익숙해 편히 읽힌다는 장점이 있습니다. 기승전결이 길잡이 역할을 해주기에 글을 쓰다 삼천포로 빠지거나 중언부언하는 일도 없지요.

그리하여 저는 글을 쓰기 전, 기승전결에 해당하는 짤막한 네 문장을 먼저 써 봅니다. 실제로 각각 다른 색깔을 사용해서 말이지요. 그 후, 각 문장에 살을 덧붙여 글을 써 내려가는데, 이렇게 색을 달리해 글을 쓰면 특정 부분에 비중을 많이 두거나 적게 두지 않았는지 한눈에 살펴볼 수 있습니다. 과한 부분은 덜어내고 부족한 부분은 보태가며 수정을 거듭하다 보면 어느새 탄탄하고 균형 잡힌 글이 완성되겠지요?

2. 매력적인 첫 문장을 쓴다

봉준호 감독은 이동진 평론가와의 인터뷰에서 첫 장면의 중요성을 이야기했습니다. 영화라는 버스에 관객을 태우려면 매력적인 첫 장면을 보여줘야 한다고 말입니다. 그리고 이를 '관객을 버스에 태우는 행위'라고 표현했지요. 이 인터뷰를 읽은 저는 글을 쓸 때도 '독자를 버스에 태우는 행위'가 필요하다고 생각했답니다. 그 역할은 당연 매력적인 첫 문장이 맡아야 할 테고요.

3. 독자를 배려하는 문장을 쓴다

안 그래도 골치 아픈 세상을 살아가는 독자의 머리를, 저까지 나서서 복잡하게 하고 싶지는 않습니다. 그리하여 일상에서 자주 쓰이는 평이한 단어를 사용하여 쉬운 글을 쓰려고 합니다. 그러한 단어만으로도 하고자 하는 이야기는 얼마든 할 수 있거든요. 우리의 입에 익은 말들이기에 소리 내서 읽었을 때도 자연스럽고요.

다른 사람의 생활 계획표에 따라 나의 하루를 보내지 않듯, 제가 만든 규칙을 그대로 따를 필요는 없습니다. 여러분에게 맞는 규칙을 스스로 만들어 보세요. 물론 자기만족을 위해 글을 쓴다면 그리하지 않아도 괜찮습니다. 하지만 일정 수준 이상의 글을 기복 없이 써내고 싶다면, 언젠가 찾아올지도 모를 연재 제의 앞에서 주눅 들고 싶지 않다면, 여러분만의 규칙을 지켜가며 글을 쓰는 연습을 해보시기를 권합니다.

나만의 규칙을 만드는 방법에 왕도는 없습니다. 여러 글을 읽고 따라 쓰며 그들이 사용한 규칙을 살펴보고, 그 규칙을 여러분의 글에 직접 적용해 보며 취사선택하는 것이 최선입니다. 어디서부터 어떻게 시작해야 할지 모르겠다면 이번 파트에 준비된 문장들을 따라 쓰며 그 속에 숨어 있는 규칙을 발견해 보세요. 시작이 반 아니겠습니까. 제가 이미 절반은 해두었으니 나머지는 여러분의 몫입니다!

049 강신재 소설,《젊은 느티나무》

그에게서는 언제나 비누 냄새가 난다.

아니, 그렇지는 않다. 언제나라고는 할 수 없다.

그가 학교에서 돌아와 욕실로 뛰어가서 물을 뒤집어쓰고 나오는

때면 비누 냄새가 난다. 나는 책상 앞에 돌아앉아서 꼼짝도 하지 않고

있더라도 그가 가까이 오는 것을 ─ 그의 표정이나 기분까지라도

넉넉히 미리 알아차릴 수 있다.

티셔츠로 갈아입은 그는 성큼성큼 내 방으로 걸어 들어와

아무렇게나 안락의자에 주저앉든가, 창가에 팔꿈치를 짚고 서면서

나에게 방긋 웃어 보인다.

"무얼 해?"

대개 이런 소리를 던진다.

그런 때에 그에게서 비누 냄새가 난다.

_민음사, 2005년, 7쪽

050 박종인 에세이, 《기자의 글쓰기》

글이 문법에 맞고 단어와 문장이 정확하며, 메시지 전달이 상식적이면 품격이 생긴다. 억지 논리와 억지 표현이 있으면 격이 떨어진다. 자기가 쓰려는 글이 무엇인지 본인이 알고 있어야 한다.

1. 문장은 문장이어야 한다. 누가 보더라도 메모로 끝나는 문장은 문장이 아니다.
2. 단어는 상식적인 언중이 수용할 수 있는 수준으로 격이 있어야 한다.
(중략) 8. 맞춤법을 지킨다. 대한민국 헌법이 싫으면 이민 가듯이 글이라는 나라의 헌법, 맞춤법을 지키지 않으면 언중으로서 권리를 주장할 수가 없다. 반드시 지킨다.

_와이즈맵, 2023년, 340쪽

051 　최진영 소설, 《구의 증명》

나는 내가 사랑하는 너 아닌 그 어떤 너도 상상할 수 없고, 사랑할
자신도 없다. 이승에서 너를 사랑했던 기억, 그 기억을 잃고 싶지
않다.

그러니 이제 내가 바라는 것은, 네가 나를 기억하며 오래도록
살아주기를. 그렇게 오래오래 너를 지켜볼 수 있기를.

살고 살다 늙어버린 몸을 더는 견디지 못해 결국 너마저 죽는 날,
그렇게 되는 날, 그제야 우리 같이 기대해보자.

너와 내가 혼으로든 다른 몸으로든 다시 만나길. 네가 바라고 내가
바라듯, 네가 아주 오랫동안 살아남은 후에, 그때에야 우리 같이.

_은행나무, 2015년, 173쪽

052 　김애란 에세이,《잊기 좋은 이름》

이해란 비슷한 크기의 경험과 감정을 포개는 게 아니라 치수 다른
옷을 입은 뒤 자기 몸의 크기를 다시 확인해보는 과정인지도
모르겠다고 생각한 적이 있다. 작가라 '이해'를 당위처럼 이야기해야
할 것 같지만 나 역시 치수 맞지 않는 옷을 입으면 불편하다. 나란
사람은 타인에게 냉담해지지 않으려 노력하고, 그렇게 애쓰지
않으면 냉소와 실망 속에서 도리어 편안해질 인간이라는 것도 안다.
타인을 향한 상상력이란 게 포스트잇처럼 약한 접착력을 가질
수밖에 없다 해도 우리가 그걸 멈추지 않아야 하는 이유 또한 거기에
있지 않을까. 그런 얇은 포스트잇의 찰나가 쌓여 두께와 무게가
되는 게 아닐까 싶었다. 우리가 우리이기 전에 유일무이한 존재임을
알려주는 말들. 그리하여 나와 똑같은 무게를 지닌 타자를 상상토록
돕는 말들을 생각했다.

_열림원, 2019년, 252~253쪽

053 파블로 네루다 시,〈시〉

그러니까 그 나이였어… 시가
나를 찾아왔어. 몰라, 그게 어디서 왔는지,
모르겠어, 겨울에서인지 강에서인지.
언제 어떻게 왔는지 모르겠어,
아냐, 그건 목소리가 아니었고, 말도
아니었으며, 침묵도 아니었어,
하여간 어떤 길거리에서 나를 부르더군,
밤의 가지에서,
갑자기 다른 것들로부터,
격렬한 불 속에서 불렀어,
또는 혼자 돌아오는데,
그렇게, 얼굴 없이
그건 나를 건드리더군.

나는 뭐라고 해야 할지 몰랐어, 내 입은
이름들을 도무지
대지 못했고,
눈은 멀었어.
내 영혼 속에서 뭔가 두드렸어,
열熱이나 잃어버린 날개,
그리고 내 나름대로 해 보았어,
그 불을
해독하며,
나는 어렴풋한 첫 줄을 썼어.

(중략)

054 김소월 시, 〈등불과 마주 앉아 있으려면〉

적적寂寂히
다만 밝은 등불과 마주 앉았으려면
아무 생각도 없이 그저 울고만 싶습니다.
왜 그런지야 알 사람이 없겠습니다마는,

어두운 밤에 홀로히 누웠으려면
아무 생각도 없이 그저 울고만 싶습니다.
왜 그런지야 알 사람이 없겠습니다마는,
탓을 하자면 무엇이라 말할 수는 있겠습니다마는.

PART 3

꾸준히,
잘 쓰기 위한
루틴

글을 쓸 시간이 없다면, 한 줄 일기라도
_한 문장을 한 편의 글로 발전시키기

한창 직장 생활을 하던 서른 무렵, 블로그에 '푸념'이라는 카테고리를 만들고는 하루의 피로를 그곳에 풀어놓았습니다. 끼니도 챙기지 못하고 정신없이 일했던 어느 날에는, 저녁으로 왕 돈가스를 허겁지겁 먹고서는 집으로 향하는 버스 창문에 머리를 기댄 채 이러한 일기를 썼지요. "살 속에 살을 넣으려고 나는 사나?" 회식이 있던 어떤 날에는, 마시고 싶지도 않은 술을 억지로 마시고 부르고 싶지도 않은 노래를 억지로 부른 것이 몹시도 서러웠는지 "어어어어어어엄청나게 서글픈 밤. 참고로 안 취했음!" 하며 문장으로 술주정을 하기도 했답니다. 비록 한 줄짜리 일기이지만 다시 읽을 때마다 그때 그 시절이 생생하게 떠올라 가슴이 찡하기도, 웃음이 터지기도 합니다.

아무런 상황 설명도, 어떠한 등장인물도 없는 한 줄 일기를 읽으며 과거를 추억할 수 있는 건 머릿속 어딘가에서 잠자고 있는 장면을 문장이 불러일으키기 때문이겠지요. 그것만으로도 한 줄 일기를 쓸 이유는 충분하지만 알고 보면 이보다 더 큰 가치가 숨어 있습니다.

이만교는 《글쓰기 공작소》에서 이렇게 말했습니다. 책을 읽으며 밑줄을 그어 놓은 각성의 문장이 있을 거라고, 자신도 그런 글을 써 보고 싶게 만든 문장이라는 뜻에서 '씨앗 문장'이라고 불러도 좋을 것이라고, 씨앗 문장이야말로 글을 쓰도록 부추기는 가장 기본적인 동인일 것이라고 말입니다. 이 글을 읽은 저는 생각했습니다. '다른 이의 문장을 씨앗으로 삼아도 좋지만 나의 한 줄 일기가 내 글의 씨앗 문장이 된다면 그보다 더 좋은 일은 없지 않을까?' 하고 말이지요.

실제로, 블로그에 써둔 한 줄 일기를 읽다가 이를 바탕으로 긴 글을 써보고 싶다는 생각을 한 적이 많습니다. 최근에도 그런 일이 있었습니다. 작업실에서 늦은 밤까지 원고를 쓰던 저는 블로그에 "이게 내 저녁이야"라는 한 문장을 남겨 두었지요. 그러고는 그 문장이 내내 눈에 밟혀 한 편의 글로 발전시키지 않을 수 없었답니다. 앞서 저는 글을 쓰기 전에 기승전결에 해당하는 짤막한 네 문장을 먼저 써 본다고 말씀드렸던 것을 기억하시나요? 이번에도 어김없이 그랬습니다. 일단은 '이게 내 저녁이야'라는 문장을 '전'에 두고 앞뒤로 살을 붙여 기승전결을 구성한 것이지요. 바로 이렇게 말입니다.

기: 나는 여태껏 이러저러한 이유로 결혼하지 못했다.

승: 싱글의 삶이 싫지 않지만 기혼 친구가 가족과 함께 '저녁이 있는 삶'을 보내는 모습이 부러웠다.

전: 그런데 어느 늦은 밤, 텅 빈 작업실에서 일하다가 이것이 나의 저녁이라는 사실을 알아차렸다.

결: 형태가 다를 뿐 누구에게나 저녁은 있다. 치열하게 일하며 보내는 밤, 이게 바로 내 저녁이다.

지금까지 필사는 꾸준히 해왔지만 본인의 글을 쓸 시간을 내지 못했다면 지금이 바로 기회입니다. 블로그, 인스타그램, 휴대폰 메모장, 어디라도 좋으니 그곳을 곳간 삼아 씨앗과도 같은 한 줄 일기를 차곡차곡 모아 보세요. 그리고 언젠가 시간이 허락하는 날, 마음에 드는 한 문장을 골라 한 편의 글로 발전시켜 보세요.

'아무렇게나 쓴 한 줄 일기가 정말로 글이 될 수 있을까?' 여전히 의심을 거두지 못했다면 문보영의 《일기시대》 속 한 구절을 처방해 드리겠습니다. "아무거나 쓰다 보면 어느 날은 그 글이 소설이 되기도, 시가 되기도 한다. 일기는 무엇이든 될 수 있기에."라는 말에서 용기를 얻을 수 있을 거예요.

055 문보영 에세이,《일기시대》

사실 나에게 에세이는 일기와 같은데, 이 둘을 분리하는 순간 주제와
의도를 갖고 글을 써야 한다는 이상한 강박에 사로잡히곤 한다.
일기를 쓴다고 생각하면 아무거나 쓰면 될 것 같은데, 에세이를
쓰려면 아무거나 쓰면 안 될 것 같아서 끙끙대다가 아무것도 쓰지
못한다. 그래서 에세이를 써야 할 때도 일기를 쓰자고 생각하며
공책을 편다.
그렇게 아무거나 쓰다 보면 어느 날 그 글은 소설이 되기도, 시가
되기도 한다. 일기는 무엇이든 될 수 있기에. 일기가 집이라면
소설이나 시는 방이다. 일기라는 집에 살면 언제든 소설이라는
방으로, 시라는 방으로 들어갈 수 있다고 믿는다.

_민음사, 2021년, 34쪽

그녀의 문장을 따라 써 본 후에 멀리 갈 것도 없이, 그 아래에 한 줄
일기를 써보세요. 하나의 씨앗이 커다란 나무로 자라날 수 있다는
희망을 품고서 말이에요.

056 김연수 에세이,《소설가의 일》

상점들이 즐비한 역전 제과점의 아들로 자랐기 때문에 나는
자영업자의 삶이 어떤 것인지 잘 안다. 그들에게는 일의 반대가
휴식이 아니라 손해다. 그래서 그들은 휴일에도, 심야에도 가게 문을
닫지 않는다. 일을 계속할 수 있다면 당분간 큰 문제는 생기지 않는,
그러니까 매일 일하는 삶이다. 어린 시절에 내가 지켜본 이웃 상점
주인들의 삶은 근면하다거나 성실하다고 말하는 것 자체가 민망할
정도였다. 그들이 아침에 가게 문을 여는 광경은 일출처럼 당연했다.

_문학동네, 2014년, 6쪽

057 안네 프랑크 에세이,《안네의 일기》

나 같은 사람이 이렇게 일기를 쓰고 있다니 참으로 이상한 기분이 들어. 지금까지는 일기를 써본 적도 없을 뿐더러 세상 누구도 열세 살 먹은 여자아이의 고백 따위에 신경 쓰지 않을 테니까 말이야. 그럼에도 나는 이렇게 일기를 쓰고 싶고, 마음속에 있는 모든 것을 털어놓고 싶어. 이게 나를 너무나 즐겁게 해.

헨리 데이빗 소로 에세이,《월든》

우리는 철저하게 성실해야 함을 알고 자신의 삶도 존중하지만 변화의 가능성은 부인하고 있다. "다른 방도가 없어. 이렇게 살 수밖에는"이라고 우리는 말한다. 그러나 실제로는 원의 중심에서 얼마든지 다른 반경의 원들을 그릴 수 있다. 이처럼 삶의 방식도 매우 다양하다. 흔히 모든 변화는 기적처럼 여겨지지만, 그 기적은 지금 이 순간에도 시시각각으로 일어나고 있다.

059 이태준 에세이,《문장강화》

누구나 '그날'이 있고 '그날' 하루의 생활이 있다. '그날'은 자기 일생의 하루요, '그날' 하루의 생활은 자기 전 생명의 한 토막이다. 즐겁거나, 슬프거나, 즐겁지도 슬프지도 않거나, '그날'의 하루를 말소하지 못하는 만큼 '그날'이란 언제 어느 날이든지 자기에게 의의가 있다. (중략) 우리는 이런 의의 있는 날을 곧잘 사진을 찍어 기념하는 수가 있다. 그러나 사진이란 결혼식이라든지 장례식같이 눈으로 볼 수 있는 형태 있는 사건이 아니고는 촬영할 수가 없다. 인생의 고락, 중경사가 반드시 형태를 갖는 것에만 있지 않으니, 실연한 사람의 아픈 마음이 렌즈에 비쳐질 리 없고, 석가나 예수가 대오를 얻은 것도 형태 없는 마음속에서였다.

_창비, 2017년, 109쪽

060 이반 투르게네프 시, 〈산문시〉

사람들은 스스로를 위로한다.
"내일 한다, 내일 하겠다"며.

그런데 이 '내일 한다'가
그를 무덤으로 이끄는 것이다.

처음 쓴 글은 하루 묵힐 것
_고칠수록 나아지는 퇴고의 힘

　글감을 모으고 기승전결을 구성했다면, 이제는 의자에 엉덩이를 끈덕지게 붙이고서 왼쪽에서 오른쪽으로 글을 쓰라는 황석영의 말을 실천할 때입니다. 그런데 이러한 노력이 무색하게도 완성된 글은 영 탐탁지 않습니다. 이것보다 더 적확한 단어가 있을 것 같은데, 이 문장과 저 문장을 자연스럽게 이어주는 또 다른 문장이 있을 것 같은데, 잘하면 마지막에 여운을 남길 수도 있을 것 같은데⋯. 체하기라도 한 것처럼 가슴이 답답해집니다.

여러분도 이와 같은 증상을 겪고 있다면 너무 걱정하지 않아도 괜찮겠습니다. 지금껏 써낸 것은 '완성된 글'이 아니라 '초고'에 불과하기 때문이지요. 초고란 '초벌로 쓴 원고'라는 뜻입니다. 초벌이란 '같은 일을 여러 차례 거듭하여야 할 때에 맨 처음 대강 하여 낸 차례'라는 뜻이고요. 그러니까 초고라는 단어를 더욱 자세하게 풀이해 보자면 '같은 글을 거듭하여 수정해야 한 편의 글이 완성되는데 그중 맨 처음 대강 쓴 원고'라고 할 수 있겠습니다.

이때 우리가 해야 할 일은 대강 쓴 글을 더욱 잘 쓰려고 전념을 기울이는 것이 아니라, 자리에서 일어나 일상으로 돌아가는 것입니다. 설거지와 빨래를 하고 이를 닦고 머리를 감는 사이사이, 생각지도 못했던 단어가 불쑥 떠오르기도 하고 근사한 문장이 절로 지어지기도 하지요. 그렇게 하루를 보내고 나면 우리는 작가에서 편집자가 됩니다. 하루라는 시간만큼 원고와 거리를 유지한 덕에, 주관적인 생각이 담긴 나의 글을 비로소 객관적인 눈으로 바라볼 수 있게 되는 것이지요.

간밤에 떠오른 단어와 문장을 적절한 자리에 알맞게 넣어가며 글을 고치고, 새롭게 눈에 띈 부분도 차근차근 수정하다 보면 어제보다 한층 다듬어진 글이 됩니다. 그런데 여전히 '완성된 글'이 아니라 '다듬어진 글'이라 말하는 이유는 '거듭하여 수정'하는 과정인 '퇴고'가 남아 있기 때문입니다. 이는 중국의 한 시인이 "스님은 달 아래 문을 두드리네"라는 시구에서, '밀 퇴推' 자를 쓸까 '두드릴 고敲' 자를 쓸까 망설이던 중, 어느 문장가의 조언에 따라 '고敲' 자를 썼다는 데서 유래한 말이랍니다.

혹자는 '문을 미네'와 '문을 두드리네'가 대동소이하다고 느낄지도 모르겠습니다. 《방망이 깎던 노인》의 작가 윤오영 역시 그랬지요. 그는 길가에 앉아 방망이를 깎아 파는 노인에게 물건 하나를 부탁했습니다. 노인이 방망이를 이리저리 돌려 보며 한참이나 깎고 또 깎는 탓에 차를 놓쳐버린 그는 잔뜩 짜증이 났습니다. 그런데 그 방망이를 손에 쥔 아내는 집에 있는 것보다 참 좋다며 야단이었답니다. 그의 눈에는 별반 차이가 없는 것 같았지만 아내는 요렇게 꼭 알맞은 방망이는 좀처럼 만나기 어렵다고 칭찬했다지요.

모르긴 몰라도 윤오영은 방망이를 깎고 또 깎던 노인을 거울삼아 본인의 글을 고치고 또 고치는 장인 정신을 발휘했을 것입니다. 그렇지 않았더라면 오랜 세월을 견뎌내지 못해 우리에게 읽힐 수 없었겠지요.

내가 쓴 글을 읽고 또 읽으며 고치고 또 고치는 과정이 신물이 난다는 사실을 부인하지는 않겠습니다. 하지만 이 책에 수록된 문장들이 이와 같은 지난한 과정을 거쳤기에 여러분에게 읽힐 수 있었다는 사실 또한 부인할 수 없을 것입니다.

　"그렇다면 퇴고는 몇 번이나 거듭해야 하는 걸까요?" 하고 물으신다면 무라카미 하루키의 문장을 빌려 대답하겠습니다. "이 정도가 한계다, 이 이상 고치면 도리어 맛이 사라질지도 모른다, 라는 미묘한 포인트가 있습니다." 그러니까 그 포인트에 다다를 때까지 정진하시면 되겠습니다. 이 밖에도 여러 작가의 더 많은 퇴고 노하우가 여러분을 기다리고 있습니다. 스승의 뒤를 따르는 학생의 마음가짐으로, 한 글자 한 글자 정성스레 따라 써보세요.

061 윤오영 에세이, 〈방망이 깎던 노인〉

동대문 맞은 편 길가에 앉아서 방망이를 깎아 파는 노인이 있었다. 방망이를 한 벌 사 가지고 가려고 깎아 달라고 부탁을 했다. 값을 굉장히 비싸게 부르는 것 같았다. (중략) 대단히 무뚝뚝한 노인이었다. 값을 흥정하지도 못하고 잘 깎아나 달라고만 부탁했다. 그는 잠자코 열심히 깎고 있었다. 처음에는 빨리 깎는 것 같더니, 저물도록 이리 돌려 보고 저리 돌려 보고 굼뜨기 시작하더니, 마냥 늑장이다. 내가 보기에는 그만하면 다 됐는데, 자꾸만 더 깎고 있었다.

(중략) 또 얼마 후에야 방망이를 들고 이리저리 돌려 보더니 다 됐다고 내준다. 사실 다 되기는 아까부터 다 돼 있던 방망이다.

(중략) 집에 와서 방망이를 내놨더니 아내는 이쁘게 깎았다고 야단이다. 집에 있는 것보다 참 좋다는 것이다. 그러나 나는 전의 것이나 별로 다른 것 같지가 않았다. 그런데 아내의 설명을 들어 보니, 배가 너무 부르면 옷감을 다듬다가 치기를 잘 하고 같은 무게라도 힘이 들며, 배가 너무 안 부르면 다듬잇살이 펴지지 않고 손에 헤먹기가 쉽다. 요렇게 꼭 알맞은 것은 좀체로 만나기 어렵다는 것이다.

_《곶감과 수필》, 태학사, 2022년(초판 발행 1974년), 101~103쪽

062 　권상진 시,〈퇴고〉

버려야 할 것과 고쳐 써야 할 것
조금 불편하더라도
그냥 두어야 할 것이 있다

한 끼 밥이 차려졌다 물려지고
뜬금없는 생각을 새벽까지 받아
적다가
엎드려 잠든 몸을 받아 주던
소반의 한쪽 다리가 삐걱거린다

버릴까 고칠까 그냥 둘까

오래된 이와 시간을 나누다가
어긋나 버린 생각 때문에
반듯하던 감정을 그만 바닥에
쏟았다

고쳐 쓰지 않는 것이
사람이라지만
버릴 수도 없고
그냥 둘 수도 없어서

그날
그의 가슴에
못 하나 박고 돌아왔다

_《노을 쪽에서 온 사람》, 걷는사람, 2023년, 94쪽

063 슈테판 츠바이크 평전,
《츠바이크의 발자크 평전》

교정쇄 읽기는 대부분의 다른 작가들처럼 창작과정보다 더 쉬운,
수정이나 뒷손질을 하는 정도의 일이 아니었다. 그것은 완전히 고쳐
쓰고 새로 창작하는 작업이었다. (중략) 몽상가가 도취 상태에서 미친
듯이 서두르며 초벌그림을 그린 것을 이제 책임감 있는 예술가가
관찰하고 평가하고 수정하고 변경하는 것이다.

(중략) 불만스럽다. 나쁘다, 어제 쓴 것, 그제 쓴 것, 모두 나빠, 의미는
뚜렷하지 않고 문장은 혼란스럽고 문체는 잘못되고 배치는 너무
어렵다! 모든 것을 바꾸어야 한다. 더 낫게, 더 뚜렷하게, 더 분명하게
만들어야 한다. 일종의 분노가 — 그것은 종이 위를 몽땅 사납게 죽죽
긋고 지워버린 펜 자국으로 알아볼 수 있다 — 그를 사로잡는다.

(중략) 펜을 칼처럼 휘둘러서 한 문장을 끄집어내서 오른쪽으로 끌고
간다. 왼편으로는 단어 하나가 비어져 나왔고, 단락 전체가 사자의
발톱으로 파헤쳐진 듯이 뽑혀나가고 다른 것들이 채워졌다.

_푸른숲, 1998년, 249~250쪽

064 빈센트 반 고흐 서간문, 〈테오에게〉

너무 추운 계절에는 여름이 온다는 사실을 알고 있어도 아무것도
신경 쓰고 싶지 않아진다. 부정적인 생각이 긍정적인 생각을
이겨버리는 것이다. 그러나 우리의 생각과는 관계없이 냉혹한
시간에는 끝이 있기 마련이고, 맑은 아침이 밝아오면 바람도 흐름을
바꿔 따스한 날씨가 찾아올 것이다.
우리 마음도 이처럼 늘 변화하기 마련이기에, 시간이 지나면 상황이
좋아질 것이라는 희망을 품고 있다.

065

김점선 에세이,
《내 문장이 그렇게 이상한가요?》

모든 문장은 다 이상합니다. 모든 사람이 다 이상한 것처럼 말이죠.
제가 하는 일은 다만 그 이상한 문장들이 규칙적으로 일관되게
이상하도록 다듬는 것일 뿐, 그걸 정상으로 되돌리는 게 아닙니다.
(중략) 정답 같은 건 없습니다. 그건 심지어 맞춤법도 마찬가지입니다.
맞춤법이란 그저 의사소통을 원활하게 하기 위해 만든 규칙일
뿐이죠. (중략) 다시 한 번 말씀드리자면 선생님의 문장은 이상합니다.
그리고 그 이상함 속에서 문장의 결이랄까요 무늬랄까요, 아무튼
선생님만의 개성을 엿볼 수 있습니다. 말하자면 선생님이 갖고 있는
그 이상함이 선생님의 문장에도 고스란히 배어 있는 셈이죠.

_유유, 2016년, 103쪽

내게 힘이 되는 글쓰기 루틴
_그 누구보다 나에게 위로가 되는 시간

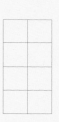

　작가가 되고 싶어 하는 친구가 있습니다. 생생한 삶의 현장을 자기만의 시선으로 바라보고, 심오한 주제를 무겁지 않게 풀어내는 친구의 글은 투박하지만 신선하고 철학적이면서도 재미있습니다. 하지만 아직은 원석 그 자체이기에 섬세한 가공이 필요한 것은 사실입니다. '깜짝 놀랐다'와 '기분이 싸했다'는 두 가지 표현만으로 대부분의 감정을 대변한다든지, '볶음밥을 베어먹었다'는 희한한 문장을 당당하게 쓴다든지, '안 돼'를 '안 되'로 쓰는 것이 예삿일이거든요.

　이러한 방해물에도 불구하고 원석의 가치를 기가 막히게 알아본 사람들은 친구의 블로그에 찾아와 열렬한 공감을 표하고 다정한 댓글을 남깁니다. 그런데 이웃이 늘어날수록 친구는 글쓰기를 주저하더군요. 보는 눈이 많아지니 신경이 쓰인다는 이유에서였습니다. 그런 친구는 요즘 들어 부쩍 질문이 많아졌습니다. 이러이러한 얘기를 쓰고 싶은데 기승전결을 어떻게 구성해야 하느냐 묻기도 하고, 다소 민감한 주제로 글을 쓰고 싶은데 사람들의 기분이 상하지는 않을까 묻기도 하지요. 그럴 때마다 저는 늘 같은 대답을 합니다. "남들 눈치 보지 말고 그냥 자유롭게 써!"

　앞서 내 글을 읽어 줄 독자를 생각하며 그를 향한 지극한 글을 써야 한다고 말씀드렸습니다. 기복 없는 글을 꾸준히 써내고 싶다면 문장 규칙을 만들어 보라고도 말씀드렸지요. 오래도록 읽히는 글을 쓰고 싶다면 퇴고라는 지난한 과정을 거쳐야만 한다는 말씀을 드리기도 했습니다. 그런데 이 모든 조언은 여러분의 글이 독자에게 잘 전달되기 위한 수단일 뿐 독자에게 잘 보이기 위해 지켜야 하는 지침은 아니었습니다.

제가 굳이 말씀드리지 않아도 이미 알고 계실 테지요. 글은 나의 마음을 표현하기 위해 쓰는 것이지, 남의 마음에 들기 위해 쓰는 것이 아니라는 사실을 말입니다. 이러한 진리를 잠시 잊고 계셨대도 아무런 상관없습니다. 지금부터라도 불안하면 불안한 대로, 우울하면 우울한 대로, 기뻐서 어쩔 줄 모르겠다면 기쁜 느낌 그대로 자신의 감정을 애써 숨기거나 포장하려 하지 말고 종이 위에 솔직하게 털어놓아 보세요.

이렇게 쓰인 감정의 허물과도 같은 글이 아무런 기능도, 어떠한 힘도 없다고 생각하는 분이 계실지 모르겠지만 절대 그렇지 않답니다. 은유는《글쓰기의 최전선》에서 이렇게 말했지요. 삶이 굳고 말이 엉킬 때마다 글을 썼다고, 막힌 삶을 글로 뚫으려 애썼다고, 한 줄 한 줄 풀어내면서 내 생각의 꼬이는 부분이 어디인지, 불행하다면 왜 불행한지, 적어도 그 이유는 파악할 수 있었고 그것만으로도 후련했다고 말입니다.

다른 작가들이 글을 쓰기 시작했던 이유도, 글쓰기를 계속해서 이어 나갈 수 있는 이유도 이와 다르지 않을 것입니다. 이 파트에서는 그들의 내밀한 속마음이 나타난 문장을 수록해 두었으니 비밀 일기를 훔쳐보듯 호기심 가득

한 눈으로 읽어 보세요. 당신의 생각에 공감한다는 의미로 한 글자 한 글자 꾹꾹 눌러 따라도 써 보시고요.

"춤추라, 아무도 바라보고 있지 않은 것처럼. 사랑하라, 한 번도 상처받지 않은 것처럼. 써라. 아무도 읽고 있지 않은 것처럼!"✦

✦ 알프레드 디 수자의 시 〈사랑하라, 한 번도 사랑하지 않은 것처럼〉을 변형하여 썼습니다.

066 은유 에세이, 《글쓰기의 최전선》

삶이 굳고 말이 엉킬 때마다 글을 썼다. 막힌 삶을 글로 뚫으려고
애썼다. 스피노자의 말대로 외적 원인에 휘말리고 동요할 때, 글을
쓰고 있으면 물살이 잔잔해졌고 사고가 말랑해졌다. 글을 쓴다고
문제가 해결되거나 불행한 상황이 뚝딱 바뀌는 것은 아니었지만 한
줄 한 줄 풀어내면서 내 생각의 꼬이는 부분이 어디인지, 불행하다면
왜 불행한지, 적어도 그 이유는 파악할 수 있었다. 그것만으로도
후련했다.

_메멘토, 2015년, 9쪽

067 알랭 드 보통 에세이, 《불안》

자신이 하찮은 존재라는 생각 때문에 느끼는 불안의 좋은 치유책은
세계라는 거대한 공간을 여행하는 것, 그것이 불가능하다면
예술작품을 통하여 세상을 여행하는 것이다.

_은행나무, 2011년, 297쪽

068 박완서 에세이,《나를 닮은 목소리로》

10년 전 참척을 당하고 가장 힘들었던 일은 '왜 하필 나에게 이런
일이 일어났을까?' 하는 원망을 도저히 지울 수 없는 거였다.
(중략) 슬픔보다 더 견딜 수 없는 게 원망과 치욕감이었다. (중략)
그때 만난 어떤 수녀님이 이상하다는 듯이 나에게 질문을 던졌다.
"왜 당신에게는 그런 일이 일어나면 안 된다고 생각하느냐?"는
질문이었다. 그래, 내가 뭐관대 누구에게나 있을 수 있는 일을
나에게만은 절대로 그런 일이 일어나면 안 된다고 여긴 것일까.
그거야말로 터무니없는 교만이 아니었을까.

_문학동네, 2018년, 183쪽

이 글에 쓰인 '참척慘慽'이란 자손이 부모나 조부모보다 먼저 죽는
일을 뜻하는 단어입니다.

069 강원국 에세이,《대통령의 글쓰기》

김대중 대통령에게 글쓰기는 자기 치유의 과정이었던 것이다. 노무현 대통령도 그랬다. 힘든 일이지만 글 쓰는 일에 큰 의미를 두었다. 글을 통해 국민과 소통하려고 했다. 재임 중에는 가칭 '글 모임'을 만들어 직접 회의를 주재하기도 했다. 청와대 안에서 글을 좀 쓴다는 사람의 모임이었다. 특별한 목적이 있는 것은 아니었다. 무언가 글로 써놓아야 한다는 생각 때문이었다. 글을 남김으로써 역사의 평가를 받고자 했는지 모른다. 그리고 회고록에서 글 쓰는 것을 '살기 위한 몸부림'이라고 했다. 대통령은 글을 쓸 수 없을 때 희망도 끊어졌다.

_메디치미디어, 2014년, 307쪽

글쓰기 학원에 다닐 적, 본인이 쓴 글을 낭독하다가 울음을 터뜨리는 사람을 여럿 보았습니다. 그렇게 한바탕 울고 난 후 쑥스럽다는 듯 헤헤 웃으며 교실을 나섰지요. 모르긴 몰라도, 집으로 향하는 그들의 발걸음은 전에 없이 가벼웠을 것입니다. 글쓰기가 '치유의 과정'이라는 사실은 써 본 사람만이 알 수 있는 공공연한 비밀이 아닐까 싶습니다.

070 김지연 소설,《마음에 없는 소리》

요즘 나에게 있어 글쓰기란 엉엉 우는 일과 비슷하다는 생각을 한다.
이왕이면 온 힘을 다해 남김없이 잘 울고 싶다. 홀가분한 마음으로
남은 일을 해낼 수 있도록. 그리고 어디선가 혼자 우는 사람이
없는지도 돌아보고 싶다. 누구도 혼자 울지 않았으면 한다.

_문학동네, 2022년, 315쪽

071 헨리 데이비드 소로 에세이,《산책》

산책을 하면서 나는 비로소 제정신이 든다. 여기서 내가 말하는
산책은 환자가 규칙적으로 약을 먹거나, 운동을 하는 것과는 전혀
다르다. 산책은 그 자체로 하루의 중요한 모험이자 전략적 자세,
진기한 체험이다. 만약 운동할 마음이 든다면, 어딘가의 생명의 샘을
찾아 나서라. 산책자는 태어나는 것이지 만들어지는 것이 아니다.

072 헤르만 헤세 소설,《데미안》

대체 어디를 걷고 있는가. 그건 다른 사람의 길이 아닌가. 그러니까 어쩐지 걷기 힘들겠지. 너는 너의 길을 걸어라. 그러면 멀리까지 갈 수 있다.

이 모든 것을 무시해도 좋으니 일단 쓴다
_글쓰기 매너리즘에 대처하는 법

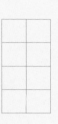

"언니, 사주 보러 갈래?"

친척 동생의 제안에 귀가 솔깃해졌습니다. 안 그래도 일하기 싫은 참이었기 때문입니다. 그리하여 새로운 글감을 찾겠다는 핑계를 앞세워 약속 장소로 향했지요. 그렇게 도착한 역술원에서, 백 살은 족히 되어 보이는 할아버지가 저의 생년월일을 묻더니만 손가락으로 무언가를 한참 헤아린 끝에 대뜸 호통을 치셨습니다. "여태껏 결혼도 안 하고 뭐 했냐!", "고집이 세서 큰일이다!", "부모한테 효도 좀 해라!" 마땅한 대답을 찾지 못해 그저 흐흐 웃기만 하던 저는 "너 지금 하는 일이 적성에 맞아? 내가 왜 이 일을 하고 있나 그런 생각 안 들어?" 하는 할아버지의 말씀에 "어떻게… 아셨어요…?" 하며 눈을 동그랗게 떴습니다.

고백하건대, 글을 쓰려 책상 앞에 앉아 모니터를 바라보고 있노라면 오만 가지 생각이 다 듭니다. 이런, 마감이 코앞이라니. 그동안 요가, 일, 집, 요가, 일, 집만 반복했는데 여기에서 또 무슨 얘기를 길어 올린담. 아무래도 이런 소재는 너무 뻔하겠지? 그래도 잘 쓰면 괜찮을지도 몰라. 가만, 그러고 보니 이 소재는 몇 년 전에 썼던 거잖아? 아으, 내가 무슨 부귀영화를 누리겠다고 글을 쓰고 있을까. 아니, 작가 중에 부귀영화를 누린 사람이 있기는 있나?

이러한 잡생각을 하고 또 하다 보면 지독한 매너리즘에 빠져 허우적거리는 스스로가 딱하게 느껴지는 한편, 열정 잃은 작가가 쓴 찬밥 같은 글을 읽을 독자에게 미안한 마음이 들기도 합니다.

그럼에도 불구하고 울거나, 종이를 찢거나, 술을 마시지는 않습니다. 그저 집에 가고 싶은 마음을 꾹 참고 키보드를 두드리지요. 기분파인 제가 제법 모범적인 행동을 할 수 있게 된 건 박태원의 자전 소설인《소설가 구보씨의 일일》덕분입니다. 구보는 "내일 밤에 또 만납시다" 하는 벗의 제안을 "내일, 내일부터, 나, 집에 있겠소, 창작하겠소" 하며 거절합니다. 구보, 그러니까 박태원이 집에 가만히 들어앉아 무엇이라도 쓰지 않았더라면 이 소설은 빛을 볼수 없었겠지요.

이따금 '쓰기만 한다고 뭐가 되나?' 하는 의구심이 들기도 합니다. 그러나 "글쓰기는 미지의 존재다. 쓰기 전에는 쓰게 될 것에 대해 아무것도 모른다"라는 마르그리트 뒤라스의 글을 떠올리면 이러한 의심은 금세 잠잠해집니다.

물론 이러한 사실을 숙지하고 글쓰기 규칙 따위는 뒤로한 채 일단은 주절주절 써 내려간다 해도 참신한 무언가를 만들어 내지 못할 때도 있습니다. 그러한 경험을 부지기수로 한 탓에 "그러지 말고 부동산 공부해라! 너랑 딱 맞아!" 하는 할아버지의 조언에 흔들릴 수밖에 없었지요. 부동산 앱을 들여다보며 다른 사람의 집을 구경하는 것이 저의 취미이기에 진지하게, 정말로 진지하게 공인중개사 시험에 도전해 볼까 고민했습니다.

하지만 역술원을 나서 집으로 돌아오는 길, 저는 실소를 터트리고야 말았습니다. '부동산을 공부하면 그걸로 어떤 글을 쓸 수 있을까?' 하는 생각이 들었기 때문입니다. 결국은 쓰며 살아갈 수밖에 없다는 결론에 다다르니 오히려 홀가분한 기분이 들었습니다.

혹시나 여러분도 매너리즘에 빠졌다면, 그리하여 한 글자도 쓰지 못할 것 같은 기분에서 헤어 나올 수 없다면, 울거나 종이를 찢거나 술을 마시거나 사주를 보는 일은 제가 다 해봤으니 그리하지 마시고, 작가들이 무엇이라도 써내기 위해 저마다의 방식으로 고군분투하는 모습이 담겨 있는 문장을 따라 써 보세요. 이러한 어려움은 쓰는 이 모두가 겪고 있다는 사실을 알게 된다면 커다란 위안을 얻게 될 테니까요. 더불어 다른 이의 글을 '따라 쓰는' 일도 어쨌거나 '일단 쓰는' 것의 일종이니 매너리즘에서 빠져나올 수 있는 한 가지 수단이 될 수 있겠지요?

073 박태원 소설,《소설가 구보씨의 일일》

내일 밤에 또 만납시다. 그러나, 구보는 잠깐 주저하고, 내일,

내일부터, 나, 집에 있겠소, 창작하겠소.

"좋은 소설을 쓰시오."

벗은 진정으로 말하고, 그리고 두 사람은 헤어졌다. 참말 좋은 소설을

쓰리라. 번* 드는 순사가 모멸을 가져 그를 훑어보았어도, 그는 거의

그것에서 불쾌를 느끼는 일도 없이, 오직 그 생각에 조그만 한 개의

행복을 갖는다.

여기서 "번 드는 순사"라는 표현에서 사용된 '번 드는 일'이란,

숙직이나 당직 근무 서는 일을 의미합니다.

박성우 시, 〈봄, 가지를 꺾다〉

상처가 뿌리를 내린다

화단에 꺾꽂이를 한다
눈시울 적시는 아픔
이 악물고 견뎌내야
넉넉하게 세상을 바라보는
수천개의 눈을 뜰 수 있다

봄이 나를 꺾꽂이한다
그런 이유로 올봄엔
꽃을 피울 수 없다 하여도 내가
햇살을 간지러워하는 건
상처가 아물어가기 때문일까

막무가내로 꺾이는 상처,
없는 사람은 꽃눈을 가질 수 없다
상처가 꽃을 피운다

_《가뜬한 잠》, 창비, 2007년, 110~111쪽

075 장자,《장자》

오리 다리가 짧다고 해서 그것을 늘여준다면 오히려 오리는 괴로울
것이다. 학의 다리가 길다고 하여 그것을 잘라버린다면 오히려 학은
슬퍼할 것이다. 본래 긴 것은 자를 것이 아니고 짧은 것은 늘여줄
것이 아니다. 처음부터 길고 짧은 것은 없애야 할 근심이 아니었다.

076 바버라 애버크롬비 에세이, 《작가의 시작》

주위엔 온통 미완성 노래들과 쓰다만 시들 뿐이었다. 몹시
혼란스럽고 산만했다. 최대한 나아가려 했지만 벽에 부딪혔다.
그것은 내가 스스로 만들어 낸 한계였다. 그때 누군가를
만났는데(극작가 샘 셰퍼드), 그 사람이 자신의 비결을 알려주었다. 아주
간단했다. 벽에 부딪히면 그 벽을 차 부수라는 것이었다.

_책읽는수요일, 2016년, 172쪽

077 아고타 크리스토프 소설,《문맹》

무엇보다도, 당연하게도, 가장 먼저 할 일은 쓰는 것이다. 그런
다음에 쓰는 것을 계속해 나가야 한다. 그것이 누구의 흥미를 끌지
못할 때조차, 그것이 영원토록 그 누구의 흥미도 끌지 못할 것이라는
기분이 들 때조차, 원고가 서랍 안에 쌓이고 우리가 다른 것들을 쓰다
그 쌓인 원고들을 잊어버리게 될 때조차.

_한겨레출판, 2018년, 97쪽

078 폴 오스터 소설,《달의 궁전》

여기가 있는 건 단지 저기가 있기 때문이야. 위를 올려다보지 않으면
밑에 뭐가 있는지 절대로 알지 못해. 그걸 생각해 봐. 우리는 우리가
아닌 것을 봄으로써만 우리 자신을 발견하게 돼. 하늘을 만지기
전에는 땅에 발을 댈 수 없어.

_열린책들, 2000년, 224쪽

079 다자이 오사무 에세이, 《잎》

기분 좋게 일을 마치고
한 잔의 차를 마신다

차의 거품에
사랑스러운 나의 얼굴이
수없이 비친다

어떻게든, 된다

몇 년이 지나도
좋은 글의
비밀

PART 4

좋은 고훈 따위 없어도 괜찮다
_손과 마음이 가는 대로 자유롭게

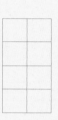

　　고급 병원의 병원장이자 외과 의사인 이인국은 잠꼬대마저 일본어로 하는 친일파입니다. 해방을 맞이한 후로는 그간의 친일 행적이 드러나 형무소에 수감되지요. 그러나 때마침 형무소에 전염병이 발생해 응급 치료실에서 일하라는 명령을 받게 됩니다. 이인국은 진료에 전념하는 한편, 소련군 장교의 눈에 들기 위해 러시아어를 공부하고 그의 턱에 있는 혹을 제거하는 수술을 집도하기까지 합니다. 장교의 신의를 얻게 된 이인국은 형무소에서 풀려

나게 되고 그로부터 몇 년 후, 의사로서의 명성을 드날리기 위해 미국행을 결심하지요.

"흥, 그 사마귀 같은 일본 놈들 틈에서도 살았고, 닥싸귀 같은 로스케 속에서 살아났는데, 양키라고 다를까… 혁명이 일겠으면 일구, 나라가 바뀌겠으면 바뀌구, 아직 이 이인국의 살 구멍은 막히지 않았다. 나보다 얼마든지 날뛰던 놈들도 있는데, 나쯤이야…"

중학생 시절, 전상국의 소설 《꺼삐딴 리》를 읽은 저는 충격에 빠졌습니다. 온갖 처세술을 발휘하며 기회주의적으로 살아온 비열한 인간이 끝까지 호의호식했다는 내용을 좀처럼 받아들일 수 없었기 때문입니다. 친일파 이인국이 결국에는 어떠한 식으로든 벌을 받을 거라 예상했던 것이지요. 책장을 덮고 나서도 머릿속에서 이인국 생각이 떠나지 않았습니다. 처음에는 '사람이 그러면 안 되는 거 아니야?' 하며 이맛살을 찌푸렸습니다. 그러나 결국에는 '나라면… 내가 그 시절을 살아가는 이인국이었다면 과연 어떤 선택을 했을까?' 하는 생각에 잠기고야 말았답니다.

만일 이인국이 의사 자격을 빼앗기거나 형무소에서 총살을 당하는 모습을 보여주며 권선징악의 교훈을 전하려 했더라면 저는 이 소설을 쉬이 잊었을지도 모릅니다. 우리 모두가 바라는 속 시원한 결말인 동시에 별스럽지 않은 결말이기도 하니까요. 그러나 이인국이 어떠한 처단도 받지 않는 결말은 저에게 생각할 여지를 주었지요.

　우리의 인생은 복잡다단합니다. 그렇기에 인생을 솔직하게 담은 글은 항상 따뜻하거나 언제나 교훈적이기는 어렵습니다. 그렇기에 쓰는 이가 해야 할 일은 독자에게 억지 교훈을 강요하는 것이 아니라, 때로는 웃기지만 대체로 덤덤하고 이따금 서글펐다가도 또다시 즐거워지며 어느 순간에는 졸렬해지기도 하는 인생의 면모를 있는 그대로 보여주는 것이 아닐까요. 그렇게 쓰인 글을 읽은 독자가 무언가를 느낀다면 좋겠지만 그렇지 못한대도 아쉬워할 필요는 없습니다. 저마다 살아온 인생이 다른 만큼 글을 읽고 느끼는 바도 각자 다를 수밖에 없을 테니까요.

　그러한 의미에서 이번 장에는, 이렇다 할 교훈이 느껴지지 않을지도 모르겠지만 그만큼 꾸밈없는 문장들을 담아 보았습니다. 작가의 의도를 애써 이해하려 하거나 가르침을 얻으려 하지 않으셔도 괜찮습니다. 그저 문장의 흐름을 그대로 따라가며 손끝에서 느껴지는 감각을 즐겨보세요. 피가 되고 살이 되는 교훈은 얻지 못하더라도 나와 타인의 삶을 더 깊이, 그리고 더 다양한 각도에서 바라보는 데 도움이 되리라 믿어 의심치 않습니다. 자, 이제 페이지를 넘겨 여러분의 손끝에서 다시 태어날 문장들을 만나러 가볼까요?

080 전광용 소설, 《꺼삐딴 리》

응접실에 안내된 이인국 박사는 주인이 나오기를 기다리면서 방 안을 둘러보았다. 대사관으로는 여러 번 찾아갔지만 집으로 찾아온 것은 이번이 처음이다. 삼 년 전 딸이 미국으로 갈 때부터 신세 진 사람이다.

벽 쪽 책꽂이에는 《조선왕조실록》, 《대동야승》 등 한쪽이 빼곡히 차 있고 한쪽에는 고서의 질책이 가지런히 쌓여져 있다. 맞은편 책상 위에는 작은 금동 불상 곁에 몇 개의 골동품이 진열되어 있다. 십이 폭 예서 병풍 앞 탁자 위에 놓인 재떨이도 세월의 때 묻은 백자기다. 저것들도 다 누군가가 가져다준 것이 아닐까 하는 데 생각이 미치자 이인국 박사는 얼굴이 화끈해졌다. 그는 자기가 들고 온 상감진사 고려청자 화병에 눈길을 돌렸다. 사실 그것을 내놓는 데는 얼마간의 아쉬움이 없지 않았다. 국외로 내어보낸다는 자책감 같은 것은 아예 생각해 본 일 없는 그였다. 차라리 이인국 박사에게는 저렇게 많으니 무엇이 그리 소중하고 달갑게 여겨지겠냐는 망설임이 더 앞섰다.

부끄러운 고백입니다만 성인이 된 지금까지도 책의 결말에 관한 생각에 종지부를 찍지 못했답니다. 그 덕이라고 해야 할지, 탓이라고 해야 할지 모르겠으나 어쨌거나 그러한 이유로 이 소설을 여태껏 잊지 못하는 것이기도 하고요.

진은영 시, 〈가족〉

밖에선

그토록 빛나고 아름다운 것

집에만 가져가면

꽃들이

화분이

다 죽었다

_《일곱 개의 단어로 된 사전》, 문학과지성사, 2003년, 19쪽

082 백수린 소설,《눈부신 안부》

하지만 내 삶을 돌아보며 더 이상 후회하지 않아. 나는 내 마음이
이끄는 길을 따랐으니까.
그 외롭고 고통스러운 길을 포기하지 않았다는 자긍심이 있는 한
내가 겪은 무수한 실패와 좌절마저도 온전한 나의 것이니까.
그렇게 사는 한 우리는 누구나 거룩하고 눈부신 별이라는 걸 나는
이제 알고 있으니까.

_문학동네, 2023년, 303쪽

083 마리아 릴케 시, 〈인생〉

인생은 꼭 이해하지 않아도 괜찮은 것.

인생은 축제와 같기에,

하루하루 있는 그대로 살아가기를.

산책하던 아이가

바람에 살며시 날아드는

꽃잎을 선물처럼 받아들이듯이.

084 앙투안 드 생텍쥐페리 소설,《인간의 대지》

아무리 작은 역할이라 할지라도 본인의 역할을 알 때, 그 순간 비로소
우리는 행복할 수 있다. 그때만이 평화를 얻을 수 있으며 평화롭게
생을 마칠 수 있다. 왜냐하면 삶에 의미 있는 것이 죽음에도 의미가
있는 것이기 때문이다.

평범한 일상을 오직 나만의 시각으로
_다양한 단어를 조합하며 낯설게 표현하기

집 앞 횡단보도에서 신호가 바뀌기를 기다리며 무성한 나뭇잎이 바람에 흔들리는 모습을 멍하니 바라보고 있었습니다. 그런데 문득 이런 생각이 머릿속을 스치더군요. 이 순간, 여기에 서 있는 사람은 온 세상을 통틀어 나 하나뿐이다. 낯모르는 사람이 내 곁에 바짝 붙어 신호를 기다리고 있긴 하지만 이이는 내가 발붙인 곳에 서 있지는 않다. 그러므로 이 자리에서 이 각도로 세상을 보는 건 오로지 나 하나다. 다음 날, 같은 시각 같은 자리에서 이 풍경을 마주한다 해도 오늘과 같지는 않을 터이다. 나뭇잎의 개수가 다를 수도 있고, 발밑으로 개미가 지나가고 있을 수도 있으며, 함께 신호를 기다리고 있을 사람도 오늘의 이이가 아닐 것이므로.

쳇바퀴처럼 굴러가는 삶을 살다 보면 어제와 오늘이 다르다는 사실을 잊곤 합니다. 그리하여 진부한 글을 쓸 수밖에 없다는 푸념을 늘어놓게 되지요. 하지만 약간의 관심만 기울인다면 어제와 다른 오늘을 느낄 수 있습니다. 매일매일 달라지는 삶을 같은 문장으로 나타낼 수 없으므로 새로운 표현을 찾아야만 할 테고, 그렇게 쓰인 문장은 전에 없이 낯설게 다가오겠지요. 제가 이러한 생각을 떠올리게 된 건 "한 편의 시는 한 편의 인생 쓰기다. 잘 쓰는 게 잘사는 것이다. 그러기 위해서는 비둘기 목 색깔처럼 순간순간 달라지는 언어의 빛깔에 민감해야 한다"라고 쓰인 이성복의 《불화하는 말들》을 읽은 덕이랍니다.

구구구 소리에 맞춰 고갯짓을 하며 다채로운 목 색깔을 자랑하는 비둘기를 본 사람이라면 '내가 언어의 빛깔에 그다지도 민감할 수 있을까' 하는 생각에 숨이 턱 막혀올지도 모릅니다. 그러나 우리는 글쓰기를 사랑하는 사람일 뿐, 훌륭한 시인이나 존경받는 작가가 되기를 목표로 삼은 야심가는 아니므로 그러한 부담감은 잠시 내려놓아도 괜찮겠습니다. 그저 이러한 사실을 이해하고 이와 같은 방향으로 나아가겠다는 마음가짐을 지니고 있는 것만으로도 삶과 문장을 대하는 우리의 태도는 달라질 수 있을 테니까요. 자, 지금까지 낯설게 표현하는 기본자세에 대해 말씀드렸으니 약간의 잔재주도 함께 알아보도록 할까요?

1. 사자성어나 관용어를 살짝 비틀어 보자

먼 옛날, 비가 온 뒤에 여기저기서 죽순이 솟아오르는 모습을 본 누군가가 어떤 일이 한때에 많이 일어나는 것을 '우후죽순'이라는 단어로 비유하기 시작했습니다. 처음에는 낯설고 신선했지만 이제는 판에 박힌 표현이 되어버렸지요. 그러나 이 단어를 '죽순이 비를 맞으면 어쩌고저쩌고…' 하는 식으로 살짝만 비틀면 글의 맛이 한결 살아납니다. 이건 신문사 부장님께서 뻔한 비유를 쓰지 말라는 조언을 건네며 함께 알려주셨던 방법인데요. 두고두고 기억에 남아 지금까지도 잘 활용하고 있답니다. 앞서 〈맥시팬티의 신세계〉에서 "팬티라는 서 말의 구슬을 꿰어 보배로운 글로 만들어 낸…"이라는 문장 역시 "구슬이 서 말이라도 꿰어야 보배"라는 속담을 살짝 비튼 것이랍니다.

2. 반대되는 단어를 조합해 보자

작가가 되기를 희망하던 시절, 일기를 묶어 책으로 내봐야겠다는 생각에 제목을 궁리해 봤습니다. 일기는 상대 없이 혼자서 하는 말이거늘, 어쩐 일인지 제가 쓴 것은 글자만 봐도 소란하게 느껴지더군요. 그리하여 '시끄러운 혼잣말'이라는 가제를 붙이게 되었지요. 저는 이 모순적인 조합이 참으로 마음에 들었답니다. 저의 외로움과 방황을 고스란히 드러내기에 이보다 더 좋은 표현은 없다고 믿어 의심치 않았거든요. 비록 출간에는 실패했지만 저는 제가 만들어낸 표현을 사랑해 마지않습니다.

만일 여러분이 생각하는 바를 기존의 단어로 표현하기 어렵다면 좀처럼 어울리지 않을 것 같은 단어를 조합하여 새로운 의미를 만들어 보세요. 일상적이지 않기에 독자의 호기심을 자극하는 것은 물론 독창적인 표현의 창시자가 될 수도 있을 테니까요.

3. 한자어를 우리말로 풀어 써보자

우리말의 상당 부분은 한자어로 이루어져 있습니다. 그만큼 한자어를 일상적으로 사용하지만 그 단어가 어떠한 한자로 이루어져 있는지 알고 있는 사람은 많지 않지요. 그런데 바로 여기에 낯설게 표현할 수 있는 힌트가 숨어 있습니다. '낙천'은 '즐길 낙樂', '하늘 천天' 자를 쓰는 한자어로 '하늘을 즐긴다'고 직역할 수 있습니다. 그러니까 '나는 낙천적으로 살아가려 한다'라고 쓸 수도 있지만 '나는 하늘을 즐기며 살아가려 한다' 하는 식으로 색다르게 풀어쓸 수도 있다는 이야기입니다. '건배'는 '마를 건乾', '잔 배杯' 자를 쓰는데요. '잔이 마르도록 비운다'고 직역할 수 있으니 '우리의 행복을 위하여, 건배!'라는 평범한 표현을 '우리는 행복을 위하여, 잔이 마르도록 비우자!'라고 낯설게 바꾸어 쓸 수도 있겠지요?

이 파트에 수록된 문장들 역시 낯설게 표현하기를 게을리하지 않은 결과물입니다. 그들이 어떠한 시각으로 세상을 바라봤는지, 또 어떠한 방법으로 잔재주를 부리며 색다른 표현을 만들어 냈는지, 문장을 수색하듯 꼼꼼히 따라 쓰며 발견해 보세요. 이 책을 읽는 여러분 모두가 같은 문장을 따라 쓰겠지만 발견한 바는 각자 다를 것입니다. 지금, 이 시각, 이 자리에서 이 문장을 바라보며 필사한 건 온 세상을 통틀어 여러분 단 한 사람이기 때문입니다.

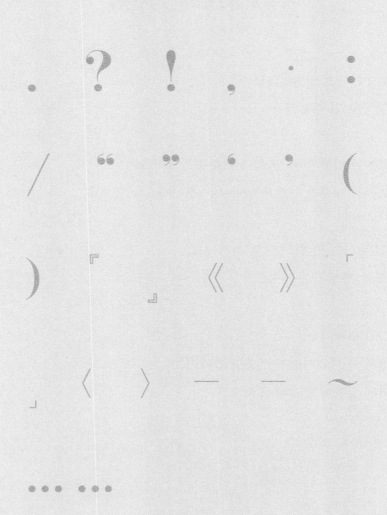

085 이성복 시론, 《불화하는 말들》

능수능란한 삶이란 없지요.
단 한 번이기 때문에…….

예술은 우리를 여러 번 살게 해주는 통로예요.
글쓰기는 매순간 다르게 살아보는 것이지요.

한 편의 시는 한 편의 인생 쓰기예요.
잘 쓰는 게 잘사는 거지요.

그러기 위해서는
비둘기 목 색깔처럼 순간순간 달라지는
언어의 빛깔에 민감해야 해요.

_문학과지성사, 2015년, 78쪽

 **086** 황현산 에세이, 《밤이 선생이다》

나는 누구나 타인의 시선에서 벗어난 시간을, 다시 말해서 어디서 무엇을 하는지 남이 모르는 시간을 가져야 한다고 생각한다. 그래서 나는 식구들에게도 그런 시간을 가지라고 권한다. 애들은 그 시간에 학교 성적과는 아무 관계도 없는 소설이나 만화를 보기도 할 것이며, 내가 알고는 제지하지 않을 수 없는 난잡한 비디오에 빠져 있기도 할 것이다. 어차피 보게 될 것이라면 마음 편하게 보는 편이 낫다고 본다. 아내는 그런 시간에 노래방에 갈 수도 있고, 옛날 남자친구를 만나 내 흉을 볼 수도 있을 것이다. 그렇게 해서 늘 되풀이되는 생활에 활력을 얻을 수 있다면 그 또한 좋은 일이다. 여름날 왕성한 힘을 자랑하는 호박순도 계속 지켜만 보고 있으면 어느 틈에 자랄 것이며, 폭죽처럼 타오르는 꽃이라 한들 감시하는 시선 앞에서 무슨 흥이 나겠는가. 모든 것이 은밀한 시간을 가져야 한다.

_난다, 2013년, 281쪽

087 어니스트 헤밍웨이 소설, 《무기여 잘 있거라》

나는 여러 여자들과 있을 때 혼자였다. 내가 가장 고독한 순간은 바로 그런 때였다.

"나는 여러 여자들과 있을 때 혼자였다"라는 문장은 모순되는 것처럼 보입니다. 여러 여자들과 함께 있는데 혼자일 순 없으니까요. 하지만 이어지는 "내가 가장 고독한 순간은 바로 그런 때였다"라는 문장을 읽으면 그가 전하고자 하는 감정이 무엇인지 비로소 깨닫게 됩니다. 어려운 어휘 하나 없이 군중 속의 고독을 표현할 수 있었던 건 반대되는 단어를 과감하게 조합한 덕분이 아니었을까요?

088 노자영 서간문, 〈영원한 이별〉

두 분은 석 달 동안이나 내 눈을 잘 속여 왔지요. 그래서 3개월 동안 여분의 평화를 두 분 덕분에 더 누린 셈입니다. 두 분은 나를 위하여 속인 것을 잘 짐작하므로 욕하지 않습니다. 두 분의 행복을 빌면서 떠납니다. 부디 오랫동안 기쁘게 지내소서.

_떠나는 날 정옥 드림

089 최승자 시, 〈올여름의 인생 공부〉

(중략)

그러므로, 썩지 않으려면
다르게 기도하는 법을 배워야 했다.
다르게 사랑하는 법
감추는 법 건너뛰는 법 부정하는 법,
그러면서 모든 사물의 배후를
손가락으로 후벼 팔 것
절대로 달관하지 말 것
절대로 도통하지 말 것
언제나 아이처럼 울 것
아이처럼 배고파 울 것
그리고 가능한 한 아이처럼 웃을 것
한 아이와 재미있게 노는 다른 한 아이처럼 웃을 것

_《이 시대의 사랑》, 문학과지성사, 1999년, 28~29쪽

짧을수록 강렬한 단문의 힘
_욕심을 덜고 시간을 아끼는 도구

여러 작법 책에서 단문의 중요성을 강조합니다. 문장이 간결해지는 동시에 내용이 명확해지고, 긴 문장보다 더욱 강렬한 인상을 남기며, 빠른 속도로 이야기를 전개하여 독자의 관심을 유지할 수 있는 것은 물론, 문장 자체가 절제되어 있기에 과도한 감정 표현을 삼갈 수 있다는 등의 이유에서이지요.

저 역시 동의하는 바이지만, 그저 문장이 짧다고 해서 이 모든 일이 가능하다고는 생각하지 않습니다. 아무리 단문을 사용한다 한들 쓰는 이의 특별한 시각이 담겨 있지 않거나 중언부언하며 갈피를 잡지 못한다면 잘 쓰인 글이라 말하기는 어려울 테니까요.

그럼에도 단문이 중요하다는 생각에는 변함이 없습니다. 긴 문장에 비해 가벼운 마음으로 쓸 수 있으니 그만큼 부담이 적어 습작의 기회를 늘릴 수 있고, 그 결과로 글쓰기 실력이 점점 나아진다고 믿기 때문입니다. 그러니까 단문은 쓰기만 하면 내 글을 더 돋보이게 해주는 마법의 문장 형식이라기보다는, 글이라는 막막한 산을 오를 수 있도록 도와주는 하나의 도구라고 할 수 있겠습니다. 글쓰기 실력은 어느 정도 끌어올렸으나 글을 쓸 시간을 내지 못하는 이에게도 단문은 유용한 도구가 되어줍니다.

지금까지 성실하게 필사해 왔지만 여전히 초보자라는 생각에 글을 쓸 엄두가 나지 않는다면, 글을 쓰고자 하는 욕망이 넘쳐흐르는 숙련자이지만 사는 일에 치여 시간을 내기 어렵다면, 단문이라는 도구를 적극적으로 활용하여 습작에 임해보세요.

만일 단문으로 쓰인 문장이 성에 차지 않는다면 그것 역시 그런대로 좋습니다. 습작으로 쌓아 올린 탄탄한 실력이 있으니 짧은 문장을 이어 붙여 긴 문장으로 수정하는 건 일도 아닐 테니까요.

　더불어, 단문에는 또 하나의 장점이 있습니다. 따라 쓸 때도 부담이 없다는 것이지요. 이번 파트에는 단문으로 쓰인 문장을 수록해 두었으니 마음의 짐은 내려놓고 슬렁슬렁 산을 오르는 기분으로 필사해 보세요. '어라, 문장을 이렇게 짧고 쉽게 써도 되는 거야? 이 정도면 나도 할 수 있겠는데?' 하며 자신감도 얻어 보시고요. 짧게 쓰인 서너 문장을 이어 긴 문장을 만들어 보며 단문이 지닌 무한한 가능성을 느껴 보셔도 좋겠지요? 필사를 끝마쳤을 때 "야호!" 하는 외침이 절로 터져 나올 만큼 여러분의 마음이 홀가분해진다면 더는 바랄 것이 없겠습니다.

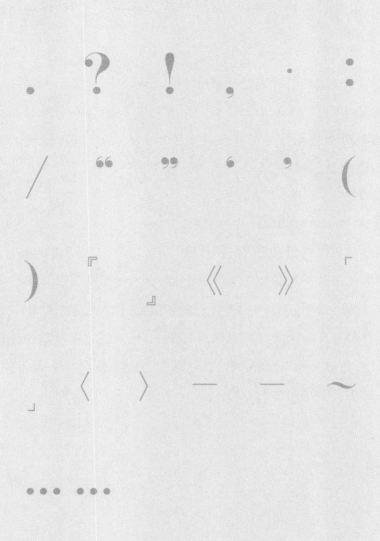

090 어니스트 헤밍웨이 소설,《노인과 바다》

좋은 일이란 오래가지 않는가 보다, 하고 노인은 생각했다. 차라리
이게 꿈이었더라면 좋았을 것을. 그러면 이 고기는 잡은 적이 없었을
테고, 그저 침대 위에서 혼자 누워 신문이나 보고 있었을 게 아닌가.
"하지만 인간은 패배하도록 만들어진 게 아니야."
그가 말했다.
"죽을 수는 있어도 패배할 수는 없어."
하지만 고기를 죽인 건 정말 안된 일이었지, 하고 그는 생각했다.
이제부터 정말 어려운 일이 닥쳐올 텐데. 난 작살조차 갖고 있지
않으니. 덴투소란 놈은 무척이나 잔인하고 힘이 센 데다가 영리하지.
하지만 그놈보다야 내가 더 똑똑하지. 아니, 어쩌면 그렇지 않을지도
몰라, 하고 그는 생각했다. 어쩌면 내가 그놈보다 좀 더 좋은 무기를
갖추고 있을 뿐인지도 모르지.

박경종 시, 〈왜가리〉

왜가리님

왝

어데 가요

왝

왜 혼자 가요

왝

왜가리님 왜 말은 안 하고

대답만 해요

왝

이 시를 바탕으로 《왜가리야 어디 가니》라는 놀이책이 출간되었습니다. 어딘가로 바삐 향하는 왜가리에게 여러 동물이 차례로 등장해 어딜 가느냐 묻습니다. 하지만 왜가리는 "왝!" 하는 대답만 내놓지요. 알고 보니 그날은 왜가리의 생일. 생일 파티를 하러 열심히 가고 있었던 것이지요. 상상치도 못한 반전 결말에 저는 그만 깔깔 웃어버리고야 말았답니다. 단문으로 쓰인 짧은 시에, 그보다 더 짧은 결말을 덧붙여 이다지도 재미난 놀이책이 만들어지다니. 단문이 지닌 가능성은 정말이지 무궁무진한 듯싶습니다.

092 조지 오웰 소설,《동물농장》

모든 동물은 평등하다. 하지만 어떤 동물은 다른 동물들보다 더
평등하다.

093 이상 에세이, 〈권태〉

저녁을 마치고 밖으로 나와 보면, 집집에는 모깃불의 연기가
한창이다.

그들은 마당에서 멍석을 펴고 잔다. 별을 쳐다보며 잔다. 그러나
그들은 별을 보지 않는다. 그 증거로는 그들은 멍석에 눕자마자
눈을 감는다. 그리고는 눈을 감자마자 쿨쿨 잠이 든다. 별은 그들과
관계없다.

나는 소화를 촉진시키느라고 길을 왔다 갔다 한다. 돌칠 적마다 멍석
위에 누운 사람의 수가 늘어난다.

이것이 시체와 무엇이 다를까? 먹고 잘 줄 아는 시체 ─ 나는 이런
실례로운 생각을 정지해야만 되겠다. 그리고 나도 가서 자야겠다.

094 노자,《도덕경》

서른 개의 바큇살이 모이는 바퀴 통은 그 속이 '비어 있음^無'으로 해서
수레로서의 쓰임이 생긴다. 진흙을 이겨서 그릇을 만드는 데 그 '비어
있음^無'으로 해서 그릇으로서의 쓰임이 생긴다. 문과 창문을 내어
방을 만드는데 그 '비어 있음^無'으로 해서 방으로서의 쓰임이 생긴다.
따라서 유^{有}가 이로운 것은 무^{無}가 용^{用}이 되기 때문이다.

095 알베르 카뮈 소설,《이방인》

오늘 엄마가 죽었다. 아니 어쩌면 어제. 모르겠다.

시작만큼이나 중요한 글의 마무리
_안정감과 여운을 주는 수미상관의 맛

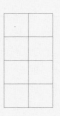

최선을 다해 글을 썼지만 그럼에도 영 마음에 차지 않아 찝찝할 때가 있고, 하고자 하는 이야기를 효과적으로 전달한 것은 물론 말끔하게 마무리했다는 생각에 후련할 때가 있습니다. 언젠가 '낙법의 달인'이라는 제목으로 썼던 글은 후자에 속했지요. 글의 내용을 기승전결로 나누어 요약해 보자면 아래와 같습니다.

기

요가 선생님이 머리 대고 물구나무서기를 시킬 때마다 자꾸만 넘어져서 창피해 죽겠다. 선생님은 이런 내가 다칠까 걱정이 되는지 낙법을 거듭 알려 주신다. 요가원에 다니면 다닐수록 애먼 낙법 실력만 는다.

승

안 그래도 창피해서 요가원에 가기 싫은데 수강생이 적어서 더 가기 싫다. 선생님은 요가는 잘하지만 운영에는 소질이 없다. 심지어 어떤 날은 일대일 수업을 받기도 한다. 적막한 요가원에 내 거친 숨소리가 울려 퍼질 때면 몹시도 민망하다.

전

그러던 어느 날, 부동산 앱에 올라온 우리 요가원 매물을 봤다. 선생님도 나만큼 요가원에 오는 일이 괴로웠다는 사실을 알게 됐다. 마음속으로 선생님과의 이별을 준비하고 있는데 요가원 SNS에 글이 올라왔다. 폐업 소식인 줄 알았건만 열심히 운영해 보겠다는 내용이었다.

결

역경에 굴하지 않는 선생님을 본받아 집에서 머리 서기를 연습한 끝에 성공했다. 솜씨를 뽐내려 요가원에 갔지만 오늘도 선생님과 나 둘뿐이다. 게다가 머리 서기도 실패했다. 선생님도 나도 아직은 위태롭지만 또다시 넘어진대도 툭툭 털고 일어설 수 있으리라. 왜냐하면 우리는 낙법의 달인이니까.

이 글의 마무리가 어째서 제 마음에 들었을까요? 그건 바로 수미상관 구조를 이루고 있기 때문입니다. 학교에 다닐 적, 수미상관이라는 단어를 한 번쯤 들어본 일이 있을 겁니다. 머리와 꼬리가 서로 상관되는 방법이라는 뜻으로, 글의 처음과 끝에 비슷하거나 같은 내용을 반복하여 배치하는 기법을 말합니다. 주로 시에서 활용되지만 산문에서도 쓰이지요. 글을 일으켜 세우는 '기' 부분에서 '요가원에 다닐수록 애먼 낙법 실력만 는다' 하는 문장으로 푸념을 한 후, 글을 끝맺는 '결' 부분에서 '우리는 낙법의 달인이니까' 하는 위로의 문장으로 마무리를 지은 것처럼 말이지요.

수미상관은 여러 장점을 지닌 기법입니다. 같은 내용을 반복한 만큼 강조의 효과가 있어 독자의 기억 속에 이야기를 각인시키기 좋지요. 글의 처음과 끝이 비슷한 형태를 띠고 있으니 안정감도 생기고요. 시작에서 사용했던 문장을 마지막에 다시 한번 활용하니 잔잔한 여운이 남기도 합니다.

무엇보다 마땅한 결말을 찾지 못해 글을 마무리 짓지 못할 때 꽤 괜찮은 해결책이 되어 줍니다. 글의 앞부분을 꼼꼼히 살피다 보면 이거다 싶은 문장이 보일 때가 있는데, 그 문장을 마지막으로 데려와 이리저리 매만지다 보면 그럴싸한 결말이 만들어지기도 하거든요.

수미상관의 맛을 더욱 확실하게 알고 싶다면 여러분의 글에 직접 적용해 보는 것이 최선입니다. 아직까지도 글을 쓰기가 두려워 필사에만 그쳤다면 이번만큼은 용기 내어 시도해 보면 어떨까요? 쇠뿔도 단김에 빼라는 말처럼, 필사로 달궈진 여러분의 손은 글쓰기를 시작하기에 최적화된 상태일 테니까요. 물론 여태껏 익혀온 이론을 실전에 적용하려 해도 뜻대로 되지 않을 수도 있습니다. 그럼에도 좌절하지 말고 일어나 쓰고 또 써보세요. 낙법의 달인이 된 후에야 비로소 글쓰기의 달인으로 가는 길이 열릴 테니 말이에요.

096 양귀자 소설,《모순》

인생은 바로 이런 것이었다. 나의 인생에 있어 '나'는 당연히
행복해야 할 존재였다. 나라는 개체는 이다지도 나에게 소중한
것이었다. 내가 나를 사랑하고 있다고 해서 꼭 부끄러워할 일만은
아니라는 깨달음, 나는 정신이 번쩍 드는 기분이었다.

그랬다. 이렇게 살아서는 안 되는 것이었다. 내가 내 삶에 대해
졸렬했다는 것, 나는 이제 인정한다. 지금부터라도 나는 내 생을
유심히 관찰하면서 살아갈 것이다. 되어가는 대로 놓아두지 않고
적절한 순간, 내 삶의 방향키를 과감하게 돌릴 것이다. 인생은 그냥
받아들이는 것이 아니라 전 생애를 걸고라도 탐구하면서 살아야
하는 무엇이다. 그것이 인생이다.

_쓰다, 2013년(초판 발행 1998년), 22쪽

한용운 시, 〈나룻배와 행인〉

나는 나룻배
당신은 행인.

당신은 흙발로 나를 짓밟습니다.
나는 당신을 안고 물을 건너갑니다.
나는 당신을 안으면 깊으나 옅으나 급한 여울이나 건너갑니다.

만일 당신이 아니 오시면 나는 바람을 쐬고 눈비를 맞으며, 밤에서
낮까지 당신을 기다리고 있습니다.
당신은 물만 건너면 나를 돌아보지도 않고 가십니다그려.
그러나 당신이 언제든지 오실 줄만은 알아요.
나는 당신을 기다리면서 날마다 날마다 낡아갑니다.

나는 나룻배
당신은 행인.

098 레프 톨스토이 소설,《부활》

인간이란 강과 같은 것이다.

강 자체는 어떠한 강이든 물로 이루어진 점은 같기에,

어디까지 가도 물이라는 점에는 변함이 없다.

그러나 강에는 좁은 것도 있고, 어떤 때는 빠르게,

어느 때는 넓게 흐르는 경우도 있다.

때로는 고요할 때도 있다.

그런가 하면 차가울 때도 있거니와, 어느 때는 탁해지고,

또 어느 순간엔 따뜻해지기도 한다.

인간도 이와 마찬가지다.

099 랜터 윌슨 스미스 시, 〈이 또한 지나가리라〉

슬픔이 거대한 강물처럼 네
삶에 밀려와
마음의 평화를 산산조각 내고
가장 소중한 것들을 네 눈에서
영원히 앗아갈 때면
네 가슴에 대고 말하라.
'이 또한 지나가리라.'

끝없이 힘든 일들이
네 기쁨의 노래를 멈추게 하고
기도하기에도 너무 지칠 때면
이 진실의 말로 하여금
네 마음에서 슬픔을 사라지게
하고
힘겨운 하루하루의 무거운
짐에서 벗어나게 하리.
'이 또한 지나가리라.'

(중략)

너의 진실한 노력이 명예와
영광
그리고 지상의 모든 귀한
것들을
네게 가져와 웃음을 선물할
때면
인생에서 가장 오래 지속될
일도, 가장 위대한 일도
지상에서 잠깐 스쳐가는
한순간임을 기억하라.
'이 또한 지나가리라.'

100 홍인혜 에세이, 《고르고 고른 말》

좋아함을 귀하게 여기고 싶기 때문이다. 호기심으로 시작된 작은
새싹이라도 물을 주며 가꿔나가고 싶다. 좋아함은 오래 기다려 겨우
마주친 천연기념물처럼 희귀하니까. 좋아함이 희미해지려 하면 갖은
노력으로 또렷함을 되찾고 싶다. 어떻게 시작한 사랑인데 놓치고
싶지 않다. 운동이 지루해질 무렵에 새 운동복을 사보는 것도, 혼자
하던 요리가 더는 재미있지 않아서 유튜브 채널을 열어보는 것도
모두 좋아함을 위한 노력이다. 매너리즘에 함몰되지 않기 위해 잠시
멈추는 것마저 더 오래 좋아하기 위한 노력이다. 좋아함을 위한
노력은 억지가 아니다. 오히려 의리와 순정에 가깝다.
'좋아하다'는 동사다. 나의 주관과 적극성으로 만들어 낸 능동이다.
당신과 내가 우연히 발견한 좋아함의 싹을 소중히 여기기를. 부디
열심히 좋아하기를.

_미디어창비, 2021년, 238쪽

　　말하듯이 쓰라는 이야기, 한 번쯤 들어본 적 있으시지요? 그 조언에 따라 글을 써보려 했지만 뜻대로 되지 않았던 경험 또한 있으리라 짐작됩니다. 말과 글은 비슷하지만 분명한 차이가 존재합니다. 말을 할 적에는 표정이나 몸짓, 목소리의 높낮이, 숨소리 등이 어우러져 이야기하고자 하는 바가 자연스레 전달되지요. 반면 글을 쓸 때는 오로지 글자와 문장 부호만으로 이 모두를 표현해야 하니 쉽지 않은 것이 현실입니다.

　　하지만 좌절하기에는 이릅니다. 우리가 가진 자원, 그중에서도 문장 부호의 쓰임을 정확히 알고 적재적소에 사용한다면 이러한 간극을 좁힐 수 있으니까요. 더불어, 문장의 구조를 명확하게 드러내 전달력을 높일 수 있다는 장점까지 지니고 있으니 익혀두지 않을 이유가 없겠지요? 그리하여 총 18개의 문장 부호를 준비해 보았습니다. 글을 쓰며 유념해야 하는 내용 위주로 쉽게 정리했으니 가벼운 마음으로 여러 번 읽으며 숙지해 보세요.

마침표 (.)

마침표는 문장을 끝맺을 때 사용합니다. 자주 사용하는 문장 부호이니만큼, 생략하는 실수를 가장 많이 범하기도 하지요. 문자 메시지를 보낼 때 마침표를 찍지 않는 것이 습관이 되다 보니 글을 쓸 때도 그리하는 경우가 많은 듯싶은데요. 시작이 있으면 끝이 있는 법, 마침표를 찍어 문장이 끝났다는 사실을 분명하게 알려주세요.

- 글을 쓰는 사람이라면 누구나 작가입니다.
- 문장을 따라 써 보자.
- 연필을 바르게 잡으세요.

그런데 문장 속에 인용한 문장이 포함된 경우에는 마침표를 생략해도 괜찮습니다.

- 그는 "오늘은 쉬고 싶어."라고 말하며 자리에 누웠다. (원칙)
- 그는 "오늘은 쉬고 싶어"라고 말하며 자리에 누웠다. (허용)

하지만 인용한 문장이 둘 이상 이어진다면, 앞에 나오는 인용문의 끝에는 마침표를 꼭 써야 한답니다.

- 그는 "오늘은 쉬고 싶어. 잠깐 눈 좀 붙일게."라고 말하며 자리에 누웠다. (원칙)
- 그는 "오늘은 쉬고 싶어. 잠깐 눈 좀 붙일게"라고 말하며 자리에 누웠다. (허용)

복잡하게 느껴진다면, 문장이 끝날 때마다 마침표를 쓴다고 기억해 두면 쉽겠지요?

물음표 (?)

물음표는 무언가를 묻거나 의문을 나타내는 문장의 끝에 쓸 수 있습니다. 복잡하게 생각할 것 없이, 말끝을 올리는 부분마다 물음표를 사용한다고 생각하면 되겠습니다.

- 아직 식사 안 하셨죠?
- 뭐? 내가 걱정돼서 하는 소리냐, 그냥 하는 소리냐?
- 이 시간까지 진지도 안 잡수시고 뭘 하셨을까?

의문을 나타내는 문장이더라도 그 정도가 약하다면 물음표 대신 마침표를 쓸 수 있는데, 이는 글쓴이의 의향에 달려 있답니다. 아래의 문장을 소리 내어 읽어 보면 문장 부호에서 오는 차이를 느껴 보세요.

- 할머니는 뭐가 그리 불만이기에 툴툴거리시는 걸까. (**약한 의문**)
- 할머니는 뭐가 그리 불만이기에 툴툴거리시는 걸까? (**강한 의문**)

앞선 말이 의심스럽거나 빈정거림을 나타내고 싶을 때, 또는 적절한 말을 찾지 못했을 때는 소괄호 안에 물음표를 써넣어 그러한 감정 상태를 간편하게 표현할 수도 있습니다. 개인적으로는 문장을 너무 쉽게 쓰려고 요령을 부리는 것 같아 애용하지는 않습니다만, 국립국어원에서 인정한 문장 부호이므로 편히 사용하셔도 괜찮겠습니다.

- 별미(?)를 차려드리면 좋아하실 것 같아.
- 거참 대단한(?) 발상이로구나.
- 수라상(?) 같은 거라도 차릴 기세구먼.

느낌표 (!)

감탄, 놀람, 항의, 반가움, 꾸중, 부름, 명령 등 느낌표를 쓸 수 있는 상황은 무척 많습니다. 느낌표가 쓰이는 상황을 하나하나 외우려고 하기보다는, 평범한 어조에 비해 '강한' 느낌을 전달하고 싶은 경우에 사용한다고 기억해 두시는 편이 활용하기에 좋을 듯합니다.

- 와! 하늘이 정말 맑다!
- 천고마비! 오늘을 표현하기 위해 만들어진 말 아닐까.
- 이런 날씨에 집에만 있는 건 반칙 아닙니까!
- 언니! 빨리 나와! / 응!

느낌표를 쓸 수 있는 상황이 다양한 만큼 이를 남용하기도 쉽습니다. 쓰는 이의 감정이 과잉된 것처럼 보이거나, 읽는 이에게 특정한 느낌을 강요하는 것처럼 보일 수도 있으므로 사용에 신중을 기하는 게 좋습니다. 쉼표나 마침표만으로도 충분한 경우가 많으니 느낌표가 꼭 필요하다고 여겨지는 부분에만 절제해 가며 사용해 주세요.

- 맙소사! 갑자기 비가 내리잖아! 난 왜 되는 일이 없지! (남용)
- 맙소사, 갑자기 비가 내리잖아. 난 왜 되는 일이 없지! (절제)

쉼표 (,)

마침표 다음으로 많이 쓰이는 문장 부호, 바로 쉼표입니다. 마침표는 문장을 끝맺을 때마다 사용하면 되지만 쉼표는 상황에 따라 여기저기 찍을 수 있기에 그 쓰임이 다소 까다로운데요. 유려한 글을 쓰는 데 큰 역할을 하는 문장 부호이므로 잘 익혀둘 필요가 있습니다. 쉼표의 가장 기본적인 쓰임은 같은 자격을 지닌 단어를 열거할 때 그 사이사이에 찍어주는 것입니다. '그리고'라는 단어를 쉼표로 대체한다고 생각하면 쉽습니다. 만일, 쉼표를 쓰지 않더라도 이러한 사실이 분명히 드러난다면 생략해도 무방하답니다.

- 나는 엄마, 아빠, 언니와 함께 살고 있습니다.
- 엄마와 아빠, 언니와 나는 같은 방을 씁니다.
- 엄마 아빠 언니는 일찍 일어나는 편이에요.

글을 읽다 보면 같은 자격을 지닌 단어를 열거하다가 마지막 단어 앞에 '그리고'를 쓰는 경우를 종종 볼 수 있는데, 이때 '그리고' 앞에는 쉼표를 찍지 않습니다. '그리고'가 쉼표를 대체하고 있기에 굳이 중복해서 사용할 필요가 없는 것이지요.

- 친할머니, 친할아버지, 외할머니 그리고 외할아버지까지 모두 살아계세요.

한 문장 안에서 같은 말을 되풀이하는 일은 피할수록 좋습니다. 이때 쉼표를 사용하여 일정한 부분을 줄여서 열거한다면 문장이 간결해집니다. 중언부언하지 않는 글을 쓸 수 있는 간단한 비법이니 이번 참에 눈여겨보는 게 좋습니다.

- 우리 가족은 여름에는 바다에서 휴가를 즐기고 겨울에는 온천에서 휴가를 즐겨요. (중복)

- 우리 가족은 여름에는 바다에서, 겨울에는 온천에서 휴가를 즐겨요. (간결)

문장 가운데 어떠한 부분을 강조하고 싶을 경우, 그것을 문장의 앞으로 내세우기도 하는데요. 이를 '도치법'이라고 합니다. 앞세운 문장 뒤에 쉼표를 찍으면 강조의 효과가 배가되지요. 도치법을 자주 쓰면 강조의 효과가 떨어지므로 꼭 필요한 경우에만 사용해야 한다는 사실도 함께 기억하세요.

- 나는 사랑해, 우리 가족을.

문장은 읽는 이가 오해하지 않도록 명확하게 써야 합니다. 그렇지 않으면 같은 문장을 읽고도 다르게 해석하는 문제가 발생하지요.

- 외할머니는 눈물을 훔치며 떠나는 엄마에게 손을 흔들었다.

위의 문장을 읽은 누군가는 '외할머니가 눈물을 훔치며 손을 흔들었다'고 생각할 수 있고, 또 다른 누군가는 '엄마가 눈물을 훔치며 떠났다'고 생각할 수도 있습니다. 어떤 말이 뒤이어 나오는 말과 직접적인 관계가 없다면 쉼표를 찍어 이 사실을 알려주세요.

- 외할머니는, 눈물을 훔치며 떠나는 엄마에게 손을 흔들었다.

이 밖에도 여러 쓰임이 있지만 구구절절 설명하는 대신 문장을 소리 내서 읽어 보라는 조언을 드리고 싶습니다. 잠시 끊어가고 싶은 부분, 그곳이 바로 쉼표가 위치할 장소입니다.

가운뎃점 (·)

쉼표와 가운뎃점은 단어를 열거할 때 사용한다는 공통점이 있습니다. 그러나 두 문장 부호의 역할은 살짝 다릅니다. 쉼표가 낱낱의 단어를 죽 늘어놓는 것에 그친다면, 가운뎃점은 그렇게 늘어놓은 단어를 하나의 단위로 응집하는 성질을 지니고 있거든요. 이러한 이유로, 짝을 이루는 단어를 열거하고자 할 때는 가운뎃점을 쓰는 것이 원칙입니다. 모름지기 짝이란 똘똘 뭉쳐야 하니까요. 하지만 쓰는 이의 의도에 따라 이를 쉼표로 대체할 수도 있고, 문장 부호 없이도 이해하는 데 문제가 없다면 생략도 가능합니다.

- 건강을 챙기려면 아침·점심·저녁 세 끼를 규칙적으로 먹어야 해. (응집)
- 건강을 챙기려면 아침, 점심, 저녁 세 끼를 규칙적으로 먹어야 해. (열거)
- 건강을 챙기려면 아침 점심 저녁 세 끼를 규칙적으로 먹어야 해. (생략)

반복되는 단어를 줄여서 하나의 구절로 묶을 때도 가운뎃점을 쓰는 것이 원칙입니다만, 쉼표를 사용해도 무방합니다. 예를 들어 '금메달, 은메달, 동메달'에서는 '메달'이라는 단어가 반복되고 있는데요. 이런 경우 가운뎃점 또는 쉼표를 사용하여 아래와 같이 줄일 수 있다는 이야기입니다.

- 금·은·동메달 (원칙)
- 금, 은, 동메달 (가능)

사실, 가운뎃점보다 쉼표를 쓰는 것이 물리적으로 용이하기에 대부분의 경우 후자를 택하곤 하는데요. 아래의 예문처럼 응집과 열거를 동시에 표현해야 할 적에는 가운뎃점과 쉼표가 제 역할을 할 수 있도록 철저하게 구분해서 사용해야 합니다.

- 엄마·아빠·언니, 삼촌·동생·내가 서로 짝이 되어 게임을 했다.

만일, 가운뎃점을 쉼표로 대체한다면 응집의 기능이 사라지기 때문에 아래와 같은 참사가 벌어지고야 만답니다. 비슷하면서도 다른 가운뎃점과 쉼표, 두 문장 부호의 차이를 확실히 느낄 수 있겠지요?

　- 엄마, 아빠, 언니, 삼촌, 동생, 내가 서로 짝이 되어 게임을 했다.

쌍점 (:)

쌍점은 어떤 단어 뒤에 그에 해당하는 항목을 열거하거나 자세한 설명을 덧붙일 때 사용합니다. 또한 희곡이나 시나리오처럼 등장인물이 대화를 주고받는 글을 쓸 적에 이름과 대사 사이에 쓰이기도 하지요.

- 준비물: 수건, 매트, 텀블러 등
- 장소: 광화문 광장 이순신 장군 동상 앞
- 언니: 광화문 광장에서 하는 야외 요가 갈래? / 동생: 그래, 좋아.

평소 익숙하게 사용하는 문장 부호이기에 별다른 설명이 필요 없을 듯하지만, 하나 주의해야 할 점이 있다면 띄어쓰기입니다. 위의 예문을 자세히 보면 쌍점을 앞말에 붙여 쓰고 뒷말과는 띄어 썼다는 사실을 확인할 수 있는데, 앞말과 띄어 쓰는 경우도 많지만 붙여 쓰는 것이 원칙이랍니다. 다만 시·분 또는 장·절 등을 구별할 때, 혹은 의존 명사 '대' 대신 쌍점을 사용할 적에는 앞말과 뒷말에 붙여 씁니다.

- 오전 10:20
- 요한복음 3:16
- 후반전을 5분 남긴 상황에서 미국과 한국은 1:1로 팽팽히 맞서고 있다.

빗금(/)

빗금은 두 개 이상의 대비되는 말을 묶어 나타낼 때 사용합니다.

- 금메달/은메달/동메달
- (   )이/가 우리나라에서 가장 유명한 농구 선수다.

여러 행과 연으로 된 시를 한 줄로 이어 쓸 적에 행이 바뀌는 부분에 빗금을 쓰기도 하는데, 연이 바뀌는 부분에는 빗금을 두 번 겹쳐 쓴답니다. 그러니까 빗금을 활용하여 김소월의 〈진달래꽃〉을 적어 보자면 아래와 같이 쓸 수 있겠지요?

- 나 보기가 역겨워 / 가실 때에는 / 말없이 고이 보내 드리우리다 // 영변에 약산 / 진달래꽃 / 아름 따다 가실 길에 뿌리우리다

위의 두 경우에서 빗금의 띄어쓰기는 자유롭게 해도 괜찮습니다. 하지만 아래와 같이 해당 수량과 기준 단위 사이에 빗금을 쓸 때는 앞말과 뒷말에 꼭 붙여 써야 한다는 점을 기억하세요.

- 1,000원/개
- 미술관 입장료는 3,000원/명이다.

큰따옴표 (" ")

일상이 녹아 있는 글을 쓰다 보면 사람들 사이에서 오가는 대화를 그대로 인용하는 경우가 빈번합니다. 글 속에서 이러한 대화문을 표시하려 할 때는 큰따옴표가 제격입니다. 대화가 아닌 혼잣말 적을 때도 큰따옴표를 사용하는데, 쉽게 말해 인물이 소리 내어 말한 것을 표시할 때는 큰따옴표를 쓴다고 생각하면 되겠습니다.

- "엄마, 나 병원에 다녀올게." / "그래, 조심해서 다녀와."
- 나는 문을 나서며 "내 걱정해주는 건 엄마밖에 없다니까" 하고 중얼거렸다.

더불어 글을 그대로 옮길 적에도 큰따옴표를 사용하는데요. 문자 메시지, 이메일, 속담이나 책의 한 구절 등이 이에 해당합니다.

- 새벽 2시에 "자니?"라는 문자 메시지가 왔어.
- 문자 메시지를 받고 "소 잃고 외양간 고친다"라는 속담이 떠올랐어.

그런데 책을 읽다 보면 속담이나 책의 한 구절을 인용할 때 작은따옴표를 사용하는 경우를 흔히 볼 수 있습니다. 규정과 현실이 달라 혼동을 느끼실 수도 있을 텐데, 이러한 부분은 조금 유연하게 받아들여도 괜찮지 않을까 싶습니다.

작은따옴표 (' ')

소리 내어 한 말을 나타낼 적에 큰따옴표를 쓴다면, 마음속으로 한 말을 적을 때에는 작은따옴표를 사용합니다.

- 김 과장은 '아, 퇴근하고 싶다.' 하고 생각했다.

또한 인용한 말 안에 인용한 말이 있을 때 역시 작은따옴표를 사용합니다. 바깥쪽에 있는 큰따옴표와의 중복을 피하기 위함이지요.

- 사장은 "이 정도 업무량은 '누워서 떡 먹기' 아닐까 싶은데요?"라고 말했다.

마지막으로, 문장에서 강조하고 싶은 부분이 있을 때도 작은따옴표를 사용하는데, 이를 큰따옴표로 잘못 쓰는 분들이 더러 계시니 이번 기회에 눈여겨보면 좋을 듯합니다.

- '월급'보다 중요한 건 '자아실현' 아닐까.

소괄호 (( ))

소괄호는 앞선 말을 쉽게 풀이하거나 내용을 보충할 때, 우리말과 원어를 함께 표기할 때 쓰이는데, 퀴즈의 빈칸처럼 사용하기도 합니다.

- 장자(중국 전국 시대의 사상가)의 말을 빌리면 다음과 같다.
- 2024. 8. 28.(수)
- 커피(coffee) / 환호작약(歡呼雀躍)
- 빈칸에 알맞은 조사를 써보세요. / 아빠가 할아버지( ) 용돈을 드렸다.

글을 쓰며 자주 사용하는 문장 부호인 만큼 이미 적절하게 사용하고 계실 것 같은데요. 이어지는 쓰임은 조금 낯설 수도 있겠다는 생각이 듭니다. 혹시 글을 읽다 특정 음절이나 단어가 소괄호로 묶여 있는 모습을 본 적 있으신가요? 이는 소괄호 안에 있는 글자를 생략해도 무방하다는 사실을 나타내는 것이랍니다. 그러니까 아래의 예문에서 소괄호로 묶인 단어는 '선생'으로 이해해도 좋고, '선생님'으로 받아들여도 괜찮다는 뜻이지요.

- 교사끼리 서로를 부를 때는 이름 뒤에 '선생(님)'이라는 호칭을 덧붙인다.

지금까지 살펴본 쓰임에서는 소괄호를 띄어 쓰지 않았습니다. 하지만 대화를 적은 글에서 동작이나 상태를 드러내려 하거나, 순서나 종류를 나타내는 숫자나 문자에 소괄호를 사용할 경우에는 여는 소괄호를 앞말과 띄어 써야 한답니다. 백문이 불여일견, 아래의 예문을 눈으로 익혀 보세요.

- 반장 : (숨을 헐떡이며) 선생님, 큰일 났어요!
- "칭찬해 주시니 감사하죠." (웃음)
- (1) 독도, (2) 울릉도, (3) 제주도, (4) 강화도, (5) 영종도
- 부동산 매매 계약 시 준비해야 할 것은 (가) 신분증, (나) 인감도장, (다) 계약금입니다.

겹낫표 (『 』)와 겹화살괄호 (《 》)

책의 제목이나 신문 이름은 겹낫표나 겹화살괄호를 사용하여 나타내는데, 큰따옴표를 쓰는 것도 허용됩니다.

- 제가 완독하고 싶은 책은 박경리의 『토지』입니다. (원칙)
- 제가 완독하고 싶은 책은 박경리의 《토지》입니다. (원칙)
- 제가 완독하고 싶은 책은 박경리의 "토지"입니다. (허용)

홑낫표(「」)와 홑화살괄호(〈 〉)

소제목, 예술 작품의 제목, 상호, 법률, 규정 등을 나타낼 때는 홑낫표와 홑화살괄호를 사용하는데, 작은따옴표를 쓰는 것도 허용됩니다.

- 난「은전 한 닢」이라는 수필을 좋아해. **(원칙)**
- 난〈은전 한 닢〉이라는 수필을 좋아해. **(원칙)**
- 난'은전 한 닢'이라는 수필을 좋아해. **(허용)**

겹낫표와 겹화살괄호의 쓰임은 같습니다. 홑낫표와 홑화살괄호의 쓰임 역시 서로 같지요. 게다가 이것들을 대신하여 큰따옴표와 작은따옴표도 사용할 수 있다 보니 출판사마다 저마다의 방식으로 표기하는 것이 사실입니다. 이러한 이유로 각 문장 부호의 쓰임을 제대로 파악하기는 쉽지 않았을 텐데, 책의 제목이나 신문 이름처럼 굵직한 것을 나타낼 적에는 겹낫표·겹화살괄호·큰따옴표처럼 겹쳐 쓰는 문장 부호를 사용하고, 그 이외의 것을 나타낼 때는 홑낫표·홑화살괄호·작은따옴표처럼 단출한 문장 부호를 쓴다고 생각하면 어렵지 않게 기억할 수 있겠지요?

줄표 〔—〕

줄표는 제목 다음에 표시하는 부제목의 앞뒤에 씁니다. 이때, 뒤에 오는 줄표는 생략할 수 있지요. 줄표의 앞뒤는 띄어 쓰는 것이 원칙이지만, 공백이 너무 넓어 보이는 문제가 있기에 붙여 쓰는 것도 허용한답니다.

- 올해의 권장 도서는 『원효 — 일체유심조 —』입니다. (원칙)
- 올해의 권장 도서는 『원효 — 일체유심조』입니다. (생략)
- 올해의 권장 도서는 『원효—일체유심조—』입니다. (허용)

붙임표 (-)

붙임표와 줄표는 비슷한 모양을 지니고 있습니다. 붙임표가 줄표에 비해 상대적으로 짧기에 두 문장 부호는 길이로 구분할 수 있지요. 붙임표는 차례 대로 이어지는 내용을 하나로 묶어 열거할 때 각 단어 사이에 사용할 수 있습니다. 열거한다는 점에서 쉼표와 유사해 보일 수 있지만, 단어를 붙임표로 묶으면 '차례'가 명확히 드러난다는 점을 염두에 두면 되겠습니다.

  - 우리말의 어순은 주어-목적어-서술어가 기본이야. **(차례)**
  - 우리말의 어순은 주어, 목적어, 서술어가 기본이야. **(열거)**

두 개 이상의 단어가 밀접한 관련이 있음을 나타내고자 할 때도 붙임표를 쓸 수 있는데, 쓰는 이의 의도에 따라 쉼표나 가운뎃점을 활용할 수도 있답니다. 그러니까 단어를 단순히 열거하고자 한다면 쉼표를, 하나의 단위로 응집하고자 한다면 가운뎃점을 사용해도 괜찮다는 이야기입니다.

  - 원고-피고-증인이 모여서 하는 무릎맞춤을 삼자대면이라 한다. **(관련)**
  - 원고, 피고, 증인이 모여서 하는 무릎맞춤을 삼자대면이라 한다. **(열거)**
  - 원고·피고·증인이 모여서 하는 무릎맞춤을 삼자대면이라 한다. **(응집)**

물결표(~)

우리는 말끝을 길게 늘이거나 어감을 부드럽게 하기 위해 물결표를 애용하곤 합니다. "아니~ 그게 아니라~~~" "알겠어~" 하는 식으로 말이지요. 이런 뉘앙스를 살리기에는 물결표가 제격이니까요. 가벼운 에세이나 만화 대사에서 이와 같은 식으로 물결표를 사용하는 경우를 볼 수도 있는데요. 원칙대로라면 기간, 거리, 범위를 나타낼 때만 사용하는 것이 옳습니다.

- 8월 2일~8월 14일
- 서울~평택 정도는 통근할 수 있지.
- 이 내용은 32~34쪽에서 발췌했습니다.

물결표는 붙임표로 대체 가능하다는 점, 앞말과 뒷말에 붙여 쓴다는 점도 함께 알아두면 좋습니다. 이번 기회에 물결표 없이 어감을 부드럽게 하는 방법에 대해 고민해 보면 더욱 좋겠지요?

줄임표 (……)

줄임표는 여섯 개의 점으로 이루어진 문장 부호입니다. 할 말을 줄였거나, 아무 말도 하지 않음을 나타낼 때 사용하지요. 줄임표 뒤로 다른 말이 이어지지 않으므로 마침표, 물음표, 느낌표처럼 문장을 끝맺어주는 문장 부호를 함께 쓰는 것이 원칙입니다.

- 어떻게 그럴 수가…….
- "무슨 변명이라도 해 봐!" / "……."

머뭇거림을 보일 때도 줄임표를 쓸 수 있습니다. 위의 경우와 다르게 말이 계속해서 이어지는 상황이므로 끝맺음을 나타내는 문장 부호와 함께 쓰지 않는답니다.

- "저기…… 나…… 너한테 할 말이 있는데."

문장이나 글의 일부를 생략할 때 역시 줄임표를 사용할 수 있는데, 보통 줄임표는 앞말에 붙여 쓰지만 이 경우만큼은 앞뒤를 띄어 써야 한답니다.

- 요가원에만 가면 멀쩡한 다리는 내버려 두고 자꾸만 머리로 서라고 한다. …… 정수리를 바닥에 대고 두 팔을 지지대 삼아 공중으로 다리를 들어 올려 보지만 …… 꽈당 넘어지고야 만다.

줄임표를 입력하려면 세 개의 점이 묶인 특수 문자(…)를 두 번 반복(……)해야 하는데, 이러한 줄임표가 너무 길게 느껴진다면 한 번만 써도 괜찮답니다.

- 어떻게 그럴 수가….

- "저기… 나… 너한테 할 말이 있는데."

만일 특수 문자를 사용하는 일이 번거롭게 느껴진다면 키보드에 있는 점을 여섯 개(......) 찍는 것으로 대체해도 좋습니다. 이것이 문장의 마지막에 위치한다면 마침표도 함께 찍어 줘야 할 텐데요. 그렇다면 총 일곱 개의 점을 찍는 셈이 되겠지요?

- 어떻게 그럴 수가....... (7개의 점)
- "저기...... 나...... 너한테 할 말이 있는데." (6개의 점)

이마저도 번거롭게 느껴진다면 세 개의 점만 찍어도 괜찮습니다. 마침표의 사용 여부는 위의 경우와 마찬가지랍니다.

- 어떻게 그럴 수가.... (4개의 점)
- "저기... 나... 너한테 할 말이 있는데." (3개의 점)

지금까지 18개의 문장 부호를 살펴보았습니다. 글을 쓰며 간과하기 쉬운 부분까지 꼼꼼하게 챙겨 본 여러분에게 힘찬 박수와 감사의 인사를 함께 전합니다. 더 좋은 문장을 쓰는 데 조금이나마 보탬이 되기를 바라며 저는 이만 물러나도록 하겠습니다. 다소 진부하지만 이보다 더 좋은 작별 인사는 없을 듯하네요. 건필!

O	X	O	X
가냘프다	갸냘프다	구시렁거리다	궁시렁거리다
가르마	가름마	굳이	구지
간절히	간절이	귀띔	귀뜸
간질이다	간지르다	금세	금새
갈가리	갈갈이	기다랗게	길다랗게
갈겨쓰다	날려쓰다	기저귀	귀저기
강낭콩	강남콩	깊숙이	깊숙히
강소주	깡소주	까무러치다	까무라치다
개방정	깨방정	깍두기	깍뚜기
개수	갯수	깎다	깍다
걱정거리	걱정꺼리	깡충깡충	깡총깡총
건넛마을	건넌마을	깨끗이	깨끗히
건네다	건내다	꺼메지다	꺼매지다
건드리다	건들이다	꺾다	꺽다
걸레	걸래	꼼꼼히	꼼꼼이
걸쭉하다	걸죽하다	꿰매다	꿰메다
게거품	개거품	끔찍이	끔직히
겨레	겨례	끼어들다	끼여들다
결딴나다	결단나다	나지막이	나지막히
곁땀	겨땀	낚싯줄	낚시줄
고깃국	고기국	날갯짓	날개짓
고스란히	고스란이	날름	낼름
골똘히	골똘이	날염	나염
골칫거리	골치거리	내로라하다	내노라하다
곰곰이	곰곰히	내리깔다	내려깔다
곱빼기	곱배기	냄비	남비
괄시	괄세	널따랗다	넓다랗다
괜스레	괜시리	널브러뜨리다	널부러뜨리다
괴나리봇짐	개나리봇짐	널빤지	널판지
구레나룻	구렛나루	넙적다리	넙적다리

O	X	O	X
네댓	너댓	돋치다	돋히다
놈팡이	놈팽이	돌멩이	돌맹이
농지거리	농지꺼리	동고동락	동거동락
높이다	높히다	되뇌다	되뇌이다
뇌졸중	뇌졸증	되레	되려
누누이	누누히	두리뭉실하다	두리뭉술하다
눈곱	눈꼽	뒤뜰	뒷뜰
눈살	눈쌀	뒤치다꺼리	뒤치닥거리
눌어붙다	눌러붇다	뒤탈	뒷탈
느지막이	느즈막이	뒤태	뒷태
늘	늘상	뒤풀이	뒷풀이
늘그막	늙으막	들이켜다	들이키다
늦깎이	늦깍이	따뜻이	따뜻히
다달이	달달이	딸내미	딸래미
다디달다	달디달다	떡볶이	떡뽁이
닦달하다	닥달하다	똬리	또아리
단단히	단단이	뜨뜻미지근하따	뜨뜨미지근하다
단말마	단발마	띄어쓰기	띄워쓰기
단출하다	단촐하다	마구간	마굿간
담그다	담구다	마뜩잖다	마뜩찮다
당기다	땡기다	막냇동생	막내동생
당최	당췌	만둣국	만두국
대가	댓가	맛보기	맛배기
대중요법	대중요법	맞닥뜨리다	맞딱드리다
댓글	덧글	맞추다	마추다
더욱이	더우기	매달리다	메달리다
덤터기	덤테기	맥주잔	맥줏잔
도떼기시장	돗데기시장	맥쩍다	맥적다
도롱뇽	도룡뇽	머리끄덩이	머리끄댕이
돈가스	돈까스	머리말	머릿말

O	X		O	X
머릿속	머리속		베갯잇	베갯잎
멀찍이	멀찌기		베끼다	배끼다
메밀국수	모밀국수		별의별	별에별
메치기	매치기		보로통하다	보루통하다
며칠	몇 일		복불복	복걸복
모꼬지	목거지		복슬복슬하다	복실복실하다
모둠	모듬		본새	뽄새
몰아붙이다	몰아부치다		부기	붓기
몸져눕다	몸저눕다		부서뜨리다	부숴뜨리다
몽당연필	몽땅연필		부스스하다	부시시하다
무	무우		부엌데기	부억떼기
무르팍	무릎팍		부조	부주
문외한	문외안		북엇국	북어국
뭉개다	뭉게다		불현듯	불연듯
미끄러지다	미끌어지다		붙이다	붙히다
밀랍	밀납		비로소	비로서
밀어붙이다	밀어부치다		비비다	부비다
밑동	밑둥		빈털터리	빈털털이
바뀌었다	바꼈다		빨간색	빨강색
바둥거리다	바등거리다		뻐꾸기	뻐꾹이
바람	바램		사달	사단
방방곡곡	방방곳곳		사돈	사둔
밭뙈기	밭떼기		사레들리다	사래들리다
배필	베필		사흘날	사흘날
백분율	백분률		삼촌	삼춘
백지장	백짓장		상판대기	상판떼기
뱃멀미	배멀미		샅샅이	샅샅히
벌그죽죽하다	벌거죽죽하다		새벽녘	새벽녁
벚꽃	벛꽃		새침데기	새침떼기
베개	배개		샛별	새벽별

O	X	O	X
생때같다	생떼같다	싹둑	싹뚝
생뚱맞다	쌩뚱맞다	쌔다	쎄다
생존율	생존률	쐬다	쐐다
설거지	설겆이	쑥스럽다	쑥쓰럽다
설레다	설레이다	쓰레받기	쓰레받이
섬찟섬찟하다	섬짓섬짓하다	쓱싹쓱싹	쓱삭쓱삭
섭섭하다	섭하다	아귀찜	아구찜
세배	새배	아등바등	아둥바둥
셋째	세째	아래층	아랫층
소꿉장난	소꼽장난	아리송하다	아리까리하다
속속들이	속속이	아무튼	아뭏든
손톱깎이	손톱깎기	아연실색	아연질색
송골송골	송글송글	아지랑이	아지랭이
송두리째	송두리채	안성맞춤	안성마춤
수군거리다	수근거리다	안쓰럽다	안스럽다
수놈	숫놈	안절부절못하다	안절부절하다
숙맥	쑥맥	알아맞히다	알아맞추다
순댓국	순대국	알은체	아는체
숫기	숯기	암탉	암닭
스멀스멀	스물스물	애개	애개
승낙	승락	애달프다	애닳다
시끌벅적	시끌벅쩍	애당초	애시당초
시뻘게지다	시뻘개지다	애틋하다	애뜻하다
시뿌예지다	시뿌애지다	앳되다	애띠다
시시덕거리다	히히덕거리다	야트막하다	얕트막하다
시월	십월	얄따랗다	얇다랗다
싫증	실증	얄팍하다	얇팍하다
심술딱지	심술머리	양칫물	양치물
심혈	심열	어깨너머	어깨넘어
십상	쉽상	어깻죽지	어깨죽지

O	X	O	X
어리바리	어리버리	우려먹다	울궈먹다
어물쩍	어물쩡	우유갑	우유곽
어이없다	어의없다	욱여넣다	우겨넣다
어쨌든	어쨋든	움큼	웅큼
어쭙잖다	어줍잖다	웃어른	윗어른
어획량	어획양	웃풍	윗풍
얼룩빼기	얼룩배기	월급쟁이	월급장이
얽매이다	얽메이다	웬만큼	왠만큼
얽히고설키다	얽히고섥히다	위층	윗층
엉겁결	엉겹결	유도신문	유도심문
엉큼하다	응큼하다	유리잔	유릿잔
에두르다	애두르다	유월	육월
엔간히	앤간히	육개장	육계장
여드레	여드래	으레	으례
여태껏	여지껏	으스대다	으시대다
역할	역활	응급조치	응급조취
열어젖히다	열어제치다	이마빼기	이마배기
예스럽다	옛스럽다	이상스럽다	요상스럽다
오글거리다	오골거리다	이야깃거리	이야기거리
오두방정	오도방정	이직률	이직율
오뚝이	오뚜기	이튿날	이틀날
오랫동안	오랜동안	이파리	잎파리
오이소박이	오이소배기	인사말	인삿말
오지랖	오지랍	일가견	일각연
온종일	왼종일	일부러	일부로
옴짝달싹	옴싹달싹	일사불란	일사분란
왜소하다	외소하다	일일이	일일히
외골수	외곬수	일찍이	일찌기
요컨대	요컨데	자릿수	자리수
우레	우뢰	자투리	짜투리

O	X	O	X
잔디	잔듸	짓궂다	짓궃다
잗다랗다	잘다랗다	짜깁기	짜집기
잘리다	짤리다	짝짜꿍	짝짝꿍
잠그다	잠구다	짤따랗다	짧다랗다
장딴지	장단지	짬짬이	짬짬히
장롱	장농	짭조름하다	짭쪼름하다
장맛비	장마비	쩨쩨하다	째째하다
장밋빛	장미빛	찌개	찌게
재떨이	재털이	찝쩍대다	찝적대다
재작년	제작년	차돌박이	차돌배기
저지르다	저질르다	차출하다	착출하다
전셋집	전세집	창난젓	창란젓
절다	쩔다	창피하다	챙피하다
절체절명	절대절명	처박다	쳐박다
접질리다	접지르다	천장	천정
젓갈	젖갈	천정부지	천장부지
정나미	정내미	천편일률	천편인률
제삿날	제사날	첫돌	첫돐
조갯살	조개살	첫새벽	신새벽
조그마하다	조그만하다	청취율	청취률
조무래기	조무라기	체불	채불
족집게	쪽집게	초점	촛점
존댓말	존대말	초주검	초죽음
졸리다	졸립다	촉촉이	촉촉히
좁다랗다	좁따랗다	추스르다	추스리다
주꾸미	쭈꾸미	축농증	충농증
주야장천	주구장창	치고받다	치고박다
주쳇덩어리	주쳇바가지	치근덕거리다	추근덕거리다
지껄이다	짓껄이다	치르다	치루다
지르밟다	즈려밟다	칠흑	칠흙

O	X
카디건	가디건
케케묵다	캐캐묵다
켕기다	캥기다
콧방울	콧망울
퀴퀴하다	퀘퀘하다
통째	통채
투표율	투표률
틈틈이	틈틈히
파투	파토
포복절도	포복졸도
폭발	폭팔
푸르뎅뎅하다	푸르딩딩하다
풀숲	풀섶
풍비박산	풍지박산
핑계	핑게
하마터면	하마트면
할짝거리다	핥짝거리다
함부로	함부러
해님	햇님
해코지	해꼬지

O	X
핼쑥하다	핼쓱하다
헤매다	헤메다
혈혈단신	홀홀단신
혼꾸멍나다	혼구멍나다
혼잣말	혼자말
화병	홧병
화젯거리	화제거리
환골탈태	환골탈퇴
황당무계하다	황당무개하다
회까닥	해까닥
후유증	휴유증
훼손	회손
휘둥그레지다	휘둥그래지다
휴게소	휴개소
흐리멍덩하다	흐리멍텅하다
흐뭇하다	흐믓하다
흙빛	흑빛
희로애락	희노애락
희한하다	희안하다
희희낙락	희희낙낙

더 좋은 문장을 쓰고 싶은 당신을 위한 필사책

초판 1쇄 발행 2024년 8월 7일
초판 16쇄 발행 2024년 9월 20일

지은이 이주윤
펴낸이 이경희

펴낸곳 빅피시
출판등록 2021년 4월 6일 제2021-000115호
주소 서울시 마포구 월드컵북로 402, KGIT 19층 1906호

ⓒ 이주윤, 2024
ISBN 979-11-94033-12-7 03800